간호사가
되기로 했다

세브란스병원 간호국의 남자 간호사 분투기
간호사가 되기로 했다

ⓒ 김진수 외, 2023

초판 1쇄 2023년 2월 6일 펴냄
초판 4쇄 2023년 12월 5일 펴냄

지은이 김진수 외
펴낸이 김성실
책임편집 박성훈
표지 디자인 위앤드
제작 한영문화사

펴낸곳 시대의창   **등록** 제10-1756호(1999. 5. 11)
주소 03985 서울시 마포구 연희로 19-1
전화 02)335-6125   **팩스** 02)325-5607
전자우편 sidaebooks@daum.net
페이스북 @sidaebooks
트위터 @sidaebooks

ISBN 978-89-5940-799-6 (03810)

간호사가
되기로 했다

세브란스병원
간호국의
남자 간호사
분투기

김진수 외 지음

시대의창

의료인의 참모습을 떠올리며

남자 간호사 열네 명의 시선을 따라가 보니 모두가 하나의 접점에서 모이게 되는 순간이 있었다. 바로 환자를 먼저 생각하고 위하는 마음이다. 책을 읽는 동안 자신의 자리에서 최선을 다해 간호하고 있는 모든 간호사들을 돌이켜보는 순간이기도 했다.

응급실에서부터 일반병동까지, 그리고 여러 특수파트에서 묵묵히 일하는 간호사들이야 말로 의료인의 참다운 모습을 보여주고 있는 사람들이 아닐까. '간호사는 여성의 직업'이라는 편견이 아직 완전히 가시지 않은 세상에서 환자와 보호자의 몸과 마음을 함께 살펴 돌보는 남자 간호사의 모습은 흡사 그 옛날 악조건 속에서 헌신한 나이팅게일의 모습을 떠올리게도 한다.

그런 의미에서 앞으로 최고의 의료인을 꿈꾸고 있는 모든 분들이 이 책을 읽기를 희망한다.

하종원 (세브란스병원장)

벽을 깬 '희귀한 존재'들을 위해

우리나라에 남자 간호사가 배출된 것은 지난 1962년의 일이다. 그러나 실제 양성은 일제강점기였던 1936년 서울위생병원 간호원양성소(삼육보건대학교 전신)에서 처음 배출된 이후 1961년까지 스물두 명의 남자 간호사가 양성됐다. 당시에는 여성만이 면허를 받을 수 있어 남자는 간호사로 인정을 받지 못하다가, 1962년 처음 인정받았다.

그 이후 남자 간호사는 지금과 달리 금남의 벽을 깬 '희귀한 존재', '호기심의 대상'이었다. 간호사가 여성의 직업이라는 선입견도 있었고, 숫자상으로도 남자 간호사가 매우 적었기 때문이다. 1995년만 해도 간호대학에 한 해 입학하는 신입생 중 남학생은 스물다섯 명 정도였으니 말이다.

그러다 1997년 우리나라가 IMF 경제위기를 겪고 난 후 간호대학에 입학하는 남자 신입생 수도 크게 늘어났다. 이 때문에 2000년 처음 남자 간호사 연 배출 인원이 100명을 넘어섰다. 2013년에는 1000명, 2017년에는 2000명, 2020년에는 3000명을 넘어섰다.

남자 간호사들의 역할도 크게 변했다. 과거 특수병동을 중심으로 근무했던 남자 간호사들은 여자 간호사와 동등하게 간호전문직으로서 그 역할을 다하고 있다. 그뿐만이 아니다. 병원과 지역사회의 다양한 영역에 진출해 입지를 굳히면서 병원의 환자뿐 아니라 국민 모두에게 신뢰받고 존경받는 존재로 인정받고 있다. 지금까지 배출된 남자 간호사만도 3만 여 명을 훌쩍 넘는다는 사실이 이를 증명한다. 간호계에서도 지난 2012년 남자 간호사 탄생 50년을 맞아 남자 면허간호사 1호이신 조상문 선생님을 모시고 기념행사를 가진 바 있다.

하지만 바뀌어야 할 부분도 많다. 그 대표적인 것으로 아직까지도 간호사를 여성의 직업으로만 보는 인식이다. 이러한 점에 볼 때 세브란스병원의 남자 간호사 이야기를 담은 《간호사가 되기로 했다》의 출간은 큰 의미를 갖는다. 남자 간호사 열네 명 모두가 임상에서 경험한 내용을 기반으로 책을 함께 엮었기 때문이다.

이 책은 남자 간호사를 이해하는 방법을 열네명의 다양한 이야기를 통해 제공하고 있는 것은 물론 그동안 경직되어 있던 간호조직 문화에도 분명 긍정적인 영향을 불러올 것이다. 더불어 이 책을 열네 명의 남자 간호사가 왜 출간했는지 그 의도를 이해하면서 읽는다면 읽는 재미뿐 아니라 남자 간호사 역시 여자 간호사들처럼 따뜻한 손길의 주인공이라는 사실을 우리는 깨닫게 될 것이라 확신한다.

신경림 (대한간호협회 회장)

꿈꾸며 행동하는 간호사

한 직업을 떠올렸을 때, 그 직업과 관련하여 특정 성별이 떠오르는 것은 아마도 그동안 많이 접해오면서 자연스럽게 생각이 그렇게 굳어졌기 때문일 것이다. 많은 직업 중에서도 '간호사'를 생각하면 '여자'라는 성별이 떠오르는 것처럼 말이다.

13년 전 내가 간호학과에 입학했던 그날은 여전히 생생하게 내 기억 속에 남아 있다. 수많은 사람 가운데 '남자'인 나는 단연 눈에 띄었다. 그런 만큼 사소한 행동에도 나는 주변의 시선을 느낄 수 있었다. 전체 입학생 가운데 남학생 비율이 10퍼센트도 되지 않던 시절이었다. 여학생들 사이에서 익숙해지기까지 제법 시간이 걸릴 수밖에 없었다.

그 후 13년이 지난 지금은 어떨까? 10년이면 강산이 변한다고 한다. 그 10여 년은 정말 길게 느껴지면서도 많은 변화가 일어나는 시간이었다. 그 세월이 지나면서 간호학에도 많은 변화가 생겼다. 그리고 그 변화는 현재 진행형이다.

간호학과에는 이제 20퍼센트가 넘는 비율로 남학생이 입학한다. 매해 국가고시에 합격해 임상 현장에 나오는 남자 간호사 수도 3000명을 훌쩍 넘겼다. 지금까지 간호사 면허증을 취득한 남자의 수도 2만 명이 넘는다.

간호사라는 직업에 대한 인식이 점점 바뀌면서, 동시에 남자 간호사의 역할도 많아지고 있다. 간호학과에서만이 아니라 실제 병원에서도 남자 간호사의 역할과 영향력을 피부로 느낄 수 있다.

실제 임상에서 남자 간호사는 외래, 병동, 수술실, 응급실, 중환자실, 검사실 등 거의 모든 병원 부서에 배치되어 제 역할을 하고 있다. 현재 내가 근무하는 세브란스병원만 보더라도 경력이 1년 차부터 20년 차가 넘는 남자 간호사까지 몸을 담고 있다. 우리는 '남자간호사회' 아래에서 함께 성장하고 있다.

사실, 수술실에서 근무하는 나는 수술실 말고 외래나 병동, 응급실 등 타 부서의 남자 간호사 역할을 100퍼센트 설명할 수는 없다.

우리조차 서로의 역할에 대해 아직 모르는 것과 궁금한 것이 많다. 그래서 이 책을 기획했다. 이 갈증을 해소할 무언가가 필요했다. 각자가 그동안 남자 간호사로서 걸어왔던 길, 그리고 조금은 앞서 길을 걸어가는 사람으로서 이 길을 걸어올 이들에게 전해줄 수 있는 이야기를 이 책에 담고자 했다.

그렇다고 여자 간호사의 역할과 구분되는 모습을 그린 것은 아니다. 간호사라면 여자든 남자든 '환자를 간호하는 일'은 똑같다. 다만 시점과 관점에 차이가 있을 뿐이다.

어제와 오늘, 그리고 다가올 내일의 일이 다르지 않게 한결같이 환자의 안위를 돌보는 사람. 사소한 일에도 주의를 기울이며 한 치의 실수를 줄이려고 늘 긴장의 끈을 놓치지 않는 사람. 환자의 마음을 온전하게 이해할 수는 없더라도 그 마음에 공감할 수 있는 사람. 노인도 이제 막 태어난 신생아도 늘 건강하기를 염원하는 사람. 우리는 이런 사람을 '간호사'라고 부르고자 한다.

누구나 꿈꿀 수 있지만 아무나 꿈을 이룰 수는 없다. 누구나 생각할 수 있지만 아무나 행동하지는 못한다. 우리는 꿈꾸며 행동하는, 주변을 따뜻하게 만드는 간호사로 남고 싶다.

간호사 김진수

목차

간호사가
되기로 했다

내가 끝까지 지킬게

응급간호팀 응급진료센터 유중윤

내가 30년 책임질게

'처음과 끝이 있는 곳', '빨리 해주는 곳', '오래 기다리는 곳', '험한 일을 하는 곳'. 내가 근무하는 응급실을 표현하는 말이다. 반은 맞고, 반은 틀렸다고 할 표현이다. 이는 응급실에 방문하는 사람들의 기억일 것이다. 각종 미디어에 나온 응급실은 피를 철철 흘리는 환자, 심폐소생술을 하면서 뛰어 들어오는 모습 등 아주 '역동'적인 공간으로 그려진다. 실제로도 그렇다.

응급실을 방문하는 사람에게는 처음과 끝이 존재한다. 엄마 품에서 만삭을 채우지 않고 나오려는 성격 급한 아기가 태어나는 곳이자, 앓고 있던 질병으로 혹은 갑작스러운 사고를 당해 생명이 끝을 맺는 곳이다.

준비되지 않은 마음으로 방문하는 이곳은 '응급'이라는 말 탓에 무조건 빨리해주는 곳으로 오해되기도 한다. 이 말은 절반만 정답이다. 심정지처럼 긴박한 상황에서는 모든 의료진이 환자 한 명에게 달라붙어 신속하게 처치한다. 반면 응급하지 않은 환자를 하염없이 기다리게 하는 곳이기도 하다. 그래서 응급실에는 성격이 전혀 다른 표현인 '빨리해주는 곳'과 '오래 기다리는 곳'이 공존한다.

응급실에는 기다림에 지쳐 화난 환자뿐이 아니라, 술에 취해 사리 분별을 못 하는 사람, 조절되지 않는 행동 또는 성격 변화로 위험한 행동을 서슴없이 하는 정신질환자, 처참한 몰골로 사고 현장에서 실려 오는 환자 등 정말 다양한 사람이 밀려든다.

나는 이런 역동적인 분위기에 매료돼 응급실에 지원했다. 이제 막 4년 차 간호사인 나는 처음부터 간호사는 아니었다. 이전 직업은 보험회사 보상팀에서 근무하는 손해사정사였다. 말하자면, '이직'이 아니라 '전직'을 한 셈이다.

대학생 때, 진로를 놓고 방황하는 나에게 조언을 해주신 교수님이 추천해주신 일이 손해사정사였다. 내 성격에도 잘 맞아 재미나게 일했다. 의료인이 되고 싶었던 나는 엑스레이와 CT 사진, 의료기록을 보면서 간접으로나마 의료를 경험할 수도 있었다. 하지만 여전히 뭔가 부족했다. 더 늦기 전에 시도라도 해보면 적어도 후회는 없을 것 같았다.

그렇게 고민만 하던 내게 결단력 있는 아내가 먼저 응원을 해줬다. 편입학해 학교 다니는 동안 아내가 3년만 고생해주면 나머지 30년은 내가 책임지겠다는 약속을 덜컥 아내에게 했다. 그렇게 대한민국의 간호대학이란 간호대학의 편입학 문을 다 두드렸다. 지원했던 곳에 모두 떨어지다가 한 곳에 붙었고, 두 번째 대학 생활을 행복하게 누렸다.

간호대학을 다닐 때도, 그리고 지금도 다들 내게 왜 간호사가 되었냐고 많이 묻는다. 이전 직업의 불만이나 이민 혹은 인류애 등 갖다 붙일 답변은 참 많지만, 나는 그냥 의료인이 되고 싶었을 뿐이다. 고여 있지 않고, 자발적 또는 비자발적으로 계속 새로운 지식을 습득해야 하며, 환자의 가장 가까운 곳에서 하루하루 그들이 조금씩 나아지는 모습을 관찰할 수 있다는 점이 나는 좋았다.

교수님 남편 아니세요?

다른 일을 하다가 간호사가 되었기 때문인지, 나는 동기들에 비해 주변에 아는 사람이 많았다. 그러다 보니 응급실에서도 아주 가끔이지만 아는 사람을 만날 때가 있다. 우연히 길에서 아는 사람을 만나도 놀라고 반가운데, 하물며 병원 그것도 응급실에서 아는 사람을 만나면 나도 놀라지만 상대방은 가뭄에 단비라도 만나는 마음인 듯하다.

신입 간호사로 독립(교육 기간이 끝나고 혼자 업무하는 것)하고 한 달 정도 지났을 때로 기억된다. 나는 이미 각종 업무와 처방으로 교대 이후 정신이 쏙 빠져 있는 상태였다. 그때 간호사실 앞을 지나가던 한 젊은 여성 환자가 나에게 "한혜신 교수님 남편 아니세요?"라고 말을 걸어왔다. 헉헉대며 일을 쳐내기에 바빴던 나는 '병원에 우리 아내랑 같은 이름을 가진 의사가 있구나'라고 여겨 그 환자를 거의 본체만체했다.

그런데 그 환자가 몇 분쯤 지나서 나에게 재차 물었다. 이 질문을 얼른 해결해야겠다고 생각한 나는 "어느 과 교수님을 찾으시나요?"라고 물었다. 그런데 그 환자는 "저 한혜신 교수님 제자예요"라고 무척 반갑게 이야기하는 게 아닌가. 그제야 생각이 났다. 그 환자는 아내가 강의한 대학의 학생이었다. 아내 퇴근길에 방향이 같아 차를 몇 번 같이 탄 적이 있었다. 아무튼 당시 나는 아직 업무에 적응도 못 한 상태라 일단 간단하게 인사만 했다.

퇴근할 때가 되어 그 환자를 찾아갔다. 다시 인사를 나누니 반갑기도 하고 안쓰럽기도 했다. 머리가 아프고 신발을 신다가 균형을 잡지 못해 응급실에 왔다고 했다. 무어라도 주고 싶어도 마땅한 게 없어서, 당 떨어지지 말라고 주머니에 넣어둔 사탕 몇 개를 손에 쥐어주었다.

기록을 살펴보니 뇌종양이 의심되어 여러 검사를 진행하는 중이었다. 아내의 제자이기도 한 데다 삭막한 응급실에서 내게 보여준 밝은 미소 때문이었는지 유난히 마음이 쓰였다.

그 환자가 병실에 올라간 이후에도 계속 연락했는데, 안타깝게도 의심되던 뇌종양으로 진단받았다고 했다. 나는 가끔 병실에 찾아갔다. 수술 때문에 삭발한 머리와 탱탱 부은 얼굴, 그리고 잘 움직이지 않는 팔다리로 매번 나에게 밝게 인사하는 모습을 보니 마음이 더 아팠다.

그렇게 1년여의 시간이 지나갔다. 이브닝(저녁) 근무를 하던 날이었다. 내가 일할 때는 거의 전화를 하지 않는 아내에게 전화가 왔다. 아내는 울면서 "○○가 하늘나라 갔대"라고 했다. 순간 정신이 멍했다. 회복하면 다시 배우 활동을 할 거라던 희망 가득한 그녀의 모습이 떠올라, 슬펐다.

퇴근한 뒤 장례식장에 갔다. 밝게 웃고 있는 영정사진이 나를 맞이해주는 듯했다. 찾아갈 때마다 뵈었던 환자 어머니는 바쁠 텐데 와줘서 감사하다고, ○○가 좋아할 거라고 했다. 목이 메었다.

사실 그녀가 응급실에 와서 병실에 갈 때까지 간호사로서 내가 한 일은 아무것도 없었다. 그저 응급실에 온 아는 사람이었을 뿐이다. 그런데 이렇게까지 마음이 쓰일 줄은 몰랐다. 그리고 미안한 마음이 많이 남았다. '그때 내가 조금 더 챙겨줄 걸…'

한편으로는 내가 간호사로서 어떤 마음으로 환자를 대해야 할지에 대한 고민이 남았다. 응급실에서 환자나 보호자에게 정을 주자니, 그 끝이 예상되는 환자에게 마음을 썼을 때 드는 슬픔을 감당하기 어려울 것 같았다. 그렇다고 감정을 배제하고 일하는 것은 간호가 아닌 것 같았다. 응급실은 간호사와 환자, 보호자가 마주하는 시간이 병실에 비해 길진 않다. 그렇지만 사람 마음이라는 게 그 짧은 시간에도 충분히 나눌 수 있다 보니 환자나 보호자에게 발생하는 슬픔이 간호사에게 전이되는 경우가 종종 있다. 이 때문에 감정이 소진되어 퇴사를 고려하는 간호사도 많다.

균형 있는 삶이 쉽지 않듯 일할 때 감정의 균형도 맞추기가 쉽지 않다. 그래서 날마다 고민하게 된다. 그렇지만 그렇게 고민하면서 하루하루 감정의 외줄타기를 하는 것이 간호사의 일인 것도 같다.

하늘나라에 간 그녀가 그곳에서는 건강하고 자유로운 몸으로 넓은 무대 위를 누비며 행복한 배우로 지내기를 바랄 뿐이다.

코로나가 맹위를 떨치던 2021년 겨울, 나는 응급실 소아 구역에서 근무하고 있었다. 결혼은 했지만, 아직 아이가 없는 나에게 소아 구역은 아이들을 많이 볼 수 있는 곳이다. 주사를 놓아야 한다는 '합법'적인 이유로 귀엽고 오동통한 손과 발을 만져볼 수 있는 기회가 있는 곳이기도 하다.

'간호사인 나조차 아직도 주삿바늘이 무섭고 맞는 것도 싫은데 아이들은 오죽할까' 싶었다. 아이들에게 주사를 놓을 때면, 말이 통하지 않는 아이더라도 잘 앉혀놓고 설명했다. 바늘을 찌르는 나도 미안한 마음이 든다고 미리 사과하기도 했다.

하루는 이제 막 세 돌 정도 지났을 무렵의 여자아이에게 주사를 놓아야 했다. 여느 때와 똑같이 주사를 놓아야 하는 상황을 아이에게 이야기했다. "아저씨가 정말 살살 해볼게. 우리 100까지 숫자 세어보자." 그때였다. 이 아이가 하는 말에 웃음이 터져 한참 동안 주사를 놓지 못했다. "아저씨가 아니라 삼촌 아니야? 그리고 주사 놓아야 하면 어쩔 수 없지. 얼른 해. 그런데 나 100까지 셀 줄 몰라." 세 돌 지난 아이의 표현치고는 너무 어른스러웠다.

다행히 그 아이에게 놓아야 할 주사는 한 번에 성공했다. 아이는 눈물 한 방울 보이지 않고는 '쿨'하게 기저귀를 차 뒤뚱거리는 걸음으로 주사실을 나섰다. 아이의 모습을 보자니 흐뭇했다. 아마 이런 게 아빠 미소인가 싶었다.

소아 구역에서 환아를 간호할 때면, 환아와 보호자는 내게 주로 '삼촌'이라고 한다. 간호사라는 호칭에 아이가 겁을 낼까 봐 그런 것도 있어서 충분히 이해된다. 그런데 고백할 것이 있다. "얘들아, 나는 너희 엄마 아빠보다 나이가 많아. 하지만 삼촌으로 불러줘서 고마워."

글로벌 코리아

신입 간호사는 발령받은 부서에서 일정 기간 동안 교육을 받는 '프리셉티'로서, 선배 간호사이자 교육을 하는 '프리셉터'와 함께 2인 1조로 근무한다.

내가 응급실에 발령받고 2일 정도 되었을 때다. 응급실에는 환자 수가 많거나 중증도가 높은 환자들이 있으면 특유의 냄새가 난다. 정말 각종 냄새가 뒤범벅이라 뭐라고 표현하기 참 어렵다. 그런데 그날은 유난히 강한 냄새가 났고, 아직 그 원인을 찾지 못한 상태였다.

프리셉터 선생님과 맡게 된 환자 가운데 외국에서 온 행려 환자가 있었다. 행려 환자는 대부분 가족과 연락이 단절되고, 건강이나 영양 상태가 안 좋은 노숙인이 대부분이었다. 위생 상태가 안 좋다 보니 체취도 아주 강하게 났다. 심지어 한국말이 통하지 않는 외국인이라는 사실에 '충격'이 두 배였다.

프리셉터 선생님은 환자를 처음 마주하러 가는 길에 결의에 찬 목소리로 나에게 말했다. "선생님, 영어 잘하죠?, 자, 이제부터 대화는 선생님이 하는 겁니다." 아, 내 인생을 발목 잡는 장애물이 있다면 그게 바로 영어라고 생각하고 살았는데, 영어로 대화를 해야 하고 심지어 그 옆에는 나를 지켜보는 누군가가 있다는 사실이 너무나도 두려웠다. 하지만 나는 신입의 '패기'로 자신 있게 "네"라고 대답했다.

이미 그 환자에게 가는 통로 초입부터, 아니 더 멀리 떨어진 간호사실에서부터 강한 냄새가 풍겼다. 그 환자에게 가까이 다가가면 다가갈수록 강한 '에너지'가 느껴졌다. 그리고 커튼을 걷었을 때는 정말 만성비염 환자도 완치될 만큼 강한 체취가 내 코를 마비시켰다.

그 환자는 데이(낮) 근무 때 119구급대에 실려 왔다. 핀란드에서 왔으며 한류가 좋아서 편도 항공편만 사서 한국에 온 사람이었다. 정신과 병력이 있는 상태로 약 2개월간 서울역에서 노숙하며 소주만 마시다가 쓰러져서 왔다고 인계받았다. 그런데 정작 강한 냄새

탓에 정신이 아득해 아무것도 생각나지 않았다.

나는 간신히 자기 소개를 하고는, 앞으로의 일정을 영어로 설명한 뒤 자리로 돌아왔다. 코는 마비되었지만 머릿속을 맴도는 그 냄새가 지워지지 않았다. 주변 환자들과 보호자들은 자리를 옮겨달라고 아주 강하게 요구했다. 그 상황을 교통 정리하는 데에만도 시간이 오래 걸렸다.

응급실에서 함께 근무하는 응급의학과 의사도 그 냄새 때문에 머리가 깨질 것 같다고 했다. 결국에는 음압이 되는 격리실로 그 환자를 옮겼다. 다행이기도 했지만 내게는 또 한 번의 시련이 닥쳤다. 이동하는 이유와 어디로 이동하는지에 대해서 또! 영어로 설명해야 했다. 게다가 환자에겐 자존심 상하는 일이다 보니 적당히 둘러대야 했다. 침대 옆에 산더미처럼 쌓여 있는 환자의 짐도 오롯이 내가 들고 옮겨야 했다. 정말 내 몸에 먼지 한 톨만큼도 닿지 않게 하려고 신중을 기했다.

다행히 격리실에 옮긴 뒤에는 그 냄새가 사라졌다. 그런데 그다음 문제가 있었다. 이 환자는 돈을 낼 형편도 안 되고 연락되는 가족도 없으니 응급실에서 처치한다 해도 수납하고 퇴원할 방법이 막막했다. 게다가 응급실은 환자식이 나오지 않았다. 이 환자는 단순히 수액으로만 영양을 보충해서는 안 되고 식사를 해야 했다. 할 수 없이 의료진에게 제공되는 도시락을 그 환자에게 갖다 줬다.

　그 환자는 약 3일을 응급실에서 체류하다가 기운을 차리고 퇴원할 수 있었다. 그는 퇴원하기 전에 편지 한 장을 남겼다.

Thank you, Severance Doctors and Nurses.

짧은 메시지가 담긴 편지였는데, 편지에는 그의 마음과 함께 그 '향기'가 남았다. 그는 그 뒤에도 몇 번 더 응급실에 왔다. 그를 아는 간호사들 중에는 그가 반려 강아지와 함께 신촌 거리를 배회하는 모습을 보았다는 목격담이 돌기도 했다.

　'글로벌 코리아', '한류'. 뉴스에서 많이 들었지만, 별로 와닿지 않았었다. 그런데 핀란드에서 온 행려 환자 덕분에 나는 '한류'의 힘을, 그리고 우리나라가 세계화되었음을 '코'로 강하게 느꼈다.

사라지지 않을 직업

최근에는 남자 간호사가 많이 늘었다. 하지만 사람들 눈에는 아직도 신기한 존재로 여겨질 때가 있다. 남자 간호사라고 하면 '여성스러운' 남자라고 오해받기도 한다. 그런 이미지는 간호사란 직업이 여초 직업이었던 데에서 기인할 뿐이지, 결국 간호사는 남성도 여성도 구분하지 않는다. 회사원이 남자와 여자를 구분하지 않 듯 간호사 역시 그냥 간호사일 뿐이다.

'장점'이 있기는 하다. 동료 (여자) 간호사보다 조금 더 힘이 필요 한 일이나 무례한 환자나 보호자를 앞에서 막아내기에 조금 더 수 월한 정도다. 그렇다고 환자를 간호할 때 거칠게 대하거나 대충 하 지는 않는다.

물론, 남자 간호사이기 때문에 어려운 일이 '아직은' 존재한다. 특히 젊은 여성 환자를 간호할 때다. 간호할 때 발생할 수 있는 신 체 노출이나 접촉에 대한 거부감이 있을 수 있기 때문에 미리 양해 를 구하거나 동료 간호사에게 부탁할 때가 많다.

간호사에 남녀 구분이 없듯, 간호사도 환자를 성별로 구분하진 않는다. 남자 간호사들끼리 모여서 대화를 나누다 보면, '아버지 수발을 드는 딸은 볼 수 있지만 어머니 수발을 드는 아들은 많지 않다'는 사실을 경험한다. 오히려 환자인 어머니의 기저귀를 우리 에게 갈아달라고 하는 경우도 많다. 참 아이러니한 일이다.

간호사라는 직업이 내겐 생각보다 잘 맞는다. 두 직업을 경험해 본 나는 두 직업 중 하나를 고르라면 간호사를 선택할 것이다. 사 실 간호사의 근무 강도는 우리를 옆에서 지켜보는 환자나 보호자 가 인정할 만큼 강하다.

하지만 나는 스트레스에 취약한 편이다. 그런데도 (사람마다 차이는 있겠지만) 근무시간에 집중적으로 스트레스를 받더라도 교대하고 나면 스트레스가 없어지는 것 같아서 좋았다. 교대 근무로 돌아가는 간호사 업무의 특성상 일은 연속되지만 내가 맡은 시간에 최선을 다하고 다음 근무자에게 인수인계하면 퇴근 후에는 내게 남은 업무가 없기 때문이다. 그리고 그렇게 말끔해진 마음은 다른 무엇인가를 할 수 있는 원동력이 되었다.

2017년에 발표된 옥스퍼드 대학의 <고용의 미래>라는 보고서를 보면, 간호사가 사라질 가능성은 0.009(1에 가까울수록 사라질 위험이 높음)였다.* 간호사가 하는 일을 곰곰이 살펴보면 몸, 머리 그리고 마음까지 쓴다. 환자를 간호하는 데에 내 한 몸 쓰는 것도 모자라 다른 동료의 손을 빌리고, 의사의 처방이 환자에게 적합한지 또는 그 처방을 왜 쓰는지, 학교와 임상 현장에서 배운 지식을 사용해 머리를 쓰고, 의기소침해진 환자와 보호자의 마음까지 달래야 한다. 그러니 당연히 사라지기 어려운 직업이라는 생각이 들었다. 그만큼 세상이 필요로 하는 직업이라는 뜻이니 자부심도 생겼다.

....

* Frey, C. B., & Osborne, M. A. (2017). The future of employment: How susceptible are jobs to computerisation?. Technological forecasting and social change, 114, 254-280.

남자 간호사가 늘면서 간호 현장의 분위기도 많이 바뀌었다고 들 말한다. 금녀의 직업을 택하는 여성이 많아지듯, 금남의 직업이 었던 간호사를 선택한 남자들에겐 그 나름의 '기회'가 여전히 있는 듯하다.

간호학생 때 실습을 나온 병원에서 다큐멘터리를 찍고 있어 방 송에 출연하게 된 경험이 있다. 그래선지 가끔 나를 알아보는 분도 있다. 비단, 병원에서만이 아니라 밖에서도 그렇다. 나를 소개를 할 때면 '간호사'라는 좋은 이미지가 나를 더 돋보이게 해준다고 할까? 아무튼 대부분 긍정적인 눈빛으로 나를 바라본다. 가끔, 덤 으로 힘한 일 한다며 나를 '어엿비' 여기는 분도 있다.

다만, 아직 4년밖에 안 된 간호사라 후배들에게 이런저런 비전 이 있다고 자신 있게 말해주기는 어렵다. 나 또한 도전하는 중이니 까. 선배 간호사들이 지나간 길이 아무도 가지 않았던 길이었다면, 그 뒤를 따라가는 나는 '간이 포장'이라도 된 길을 가는 게 아닐까. 내가 지나간 그 길이 후배들이 올 땐 '정돈된 포장도로'가 되고, 그 리고 점점 더 좋아져 언젠가는 '꽃길'이 되지 않을까 싶다.

간호, 힘든 일이다. 안 힘든 일이 어디 있겠느냐마는 앓는 소리 가 아니라 정말 힘든 직업이다. 임상 현장에서 간호사의 마지막까 지 도달한 남자 간호사 선배도 손에 꼽을 만큼 적다. 이 말은 곧 남자 간호사에게는 개척되지 않은 미지의 영역이 남아 있다는 의미이기도 하다. 혹자는 "이미 레드오션이다", "남자 간호사의 이점은 다 사라졌다"라고 부정적으로 말한다. 하지만, 분명히 말할 수 있는 것은 임상 현장에도 남자 간호사가 있으며, 그 수가 꾸준히 늘고 있다는 점이다. 함께 근무하던 선배의 말씀이 생각난다.

"내가 끝까지 지키고 있을 테니, 너희는 날 보며 따라와."

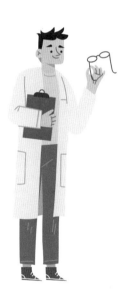

사이렌이 시끄럽게 울렸다

응급간호팀 응급진료센터 임용준

상담 부스의 아름다운 선배

1997년 수능이 끝난 어느 날, 나는 대학에 원서를 지원하려고 발걸음을 옮겼다. 특별한 꿈이 없던 시절, 무슨 과에 지원해야 할지…. 열아홉 살 나이에 미래에 대한 고민은 그리 깊지 않았다.

같은 반 친구와 무슨 과에 지원할지 이야기를 나눴다. 친구는 함께 간호과에 지원하자고 나를 '회유'했다. 혈관주사만 잘 놓으면 약국과 '연계'해 일명 '주사 아줌마' 프리랜서로 일할 수 있다는 솔깃한 제안이었다. 컴퓨터에 관심이 있었고 '공대 마인드'를 가지고 있던 나는 친구의 회유에 넘어가 간호과도 지원 목록에 올렸다.

간호과를 선택하게 된 결정적인 계기는 조금 더 단순하다. 원서 지원하던 날이었다. 학과 선배들이 마련한 입시 상담과 학과 소개를 하는 부스가 있었다. 간호과를 지원하려는 친구와 함께 그곳으로 발길을 옮겼다. 부스에는 선배 세 명이 앉아 간호과 학교생활을 설명하며 '장밋빛 미래'를 그려 보였다.

1997년 IMF 이후였다. 한마디로 취업이 힘들던 시기. 그런데 간호과에는 특히 남자가 더 취업이 잘된다는 얘기를 듣고는 조금씩 내 마음이 동요했다. 그러다 내가 간호과에 들어간 결정적인 사건이 생기고 말았다.

상담 부스에 앉아 있던 여자 선배 세 명이 남중, 남고를 다닌 열아홉 살 피 끓는 청춘에게는 정말 너무나 아름다워 보였다. 입시 상담이 끝나고 세 선배는 우리에게 떡볶이와 분식을 사 먹였다. 특별 상담이 시작된 셈이다. 이미 나는 이렇게 아름다운 선배들과 함께 학교생활을 할 수 있겠다는 부푼 꿈에 사로잡혔다. 결국 나는 친구와 함께 간호과에 지원했다. 운명의 장난인지 그 친구는 '합격 목걸이'를 받지 못했고, 친구를 따라간 내가 합격했다.

1998년 학교에 입학했을 때 한 건물 4~5층을 간호학과에서 사용했다. 간호학과가 생긴 지 얼마 되지 않아서였는지, 내 위로는 남자 졸업생이 한 명이었다. 같은 학번 100명 가운데 남자는 모두

세 명이었다.

여자들만 있던 공간, 여자들의 편의에 맞춰 구성된 곳. 그랬다. 그런 곳이 1998년의 간호학과다. 당시 그곳에는 남자 화장실이 없었다. 4층에 있는 남자 화장실을 여자들이 사용했고, 5층에 있는 화장실은 창고로 쓰였다. 남학생들은 화장실 한번 가려면 다른 학과가 주로 사용하는 아래층으로 내려가야 했다. 간호대에 남학생이 많지 않던 시절이라 큰 불만도 없었다.

엠티나 졸업여행을 가다가 한적한 휴게소에 들릴 때면 400명 가까운 20대 초반의 여성들이 남자 화장실을 점령하는 풍경도 볼 수 있었다. 실습을 나갈 때도 남자 간호사 탈의실은 마련되어 있지 않은 경우가 많았다. 화장실에서 옷을 갈아입고 동기들에게 짐을 넣어달라고 부탁하곤 했다. '간호사=여자'라는 의식이 팽배하던 시기인 만큼 여러모로 불편함이 많았다.

병원에 입사해서도 남자 간호사의 공간이 충분하지 않았다. 다른 직군의 남자 직원들과 함께 탈의실을 이용하거나 근무 부서에서 상당히 멀리 떨어진 곳에 있는 탈의실을 배정받곤 했다. 물론 지금은 예전보다 많이 나아졌다고는 하나, 이런저런 불편함은 여전히 존재한다.

병원에 입사하면 남자 신규 간호사는 또 다른 위기에 직면한다.

바로 나이 어린 선배들이다. 군대를 갔다 오면 두세 살 어린 후배들이 병원에서는 선배가 되어 있는 경우도 있다.

그렇다고 해도 남자 간호사에게 고난과 어려움만 있는 건 아니다. 전문직인 간호사는 많은 분야에 진출할 수 있다. 물론 남자 간호사만의 비전이 아니고, 간호사 모두의 비전이다.

첫째, 간호사는 전문직으로 어느 나라에서도 일할 수 있다. 대한민국의 간호사 면허증을 획득한 후에는 노력하기에 따라 미국, 캐나다, 호주, 영국 등 다른 나라에서도 간호사로 활동할 수 있다. 물론 추가 시험을 보는 등 해당 국가에 따라 추가적인 과정과 교육이 필요하기는 하다.

둘째, 임상(병원)뿐 아니라 다양한 분야에서 일할 수 있다. 병원에서 임상 경험을 쌓은 후 보건소, 학교, 의료기기 회사, 제약 회사, 로펌, 기업체 산업 간호사 등 여러 곳에서 활동할 수 있다. 최근에는 원격 진료와 IT 관련한 회사에 취업할 수도 있다.

인터넷 발달로 비대면 프로세스가 늘어가는 시점에서도 많은 전문가가 간호사를 절대 없어지지 않을 직업으로 꼽는다. 오히려 사회 고령화에 따라 환자를 직접 케어하는 간호사의 수요는 더욱 늘어날 것으로 본다.

아무튼 엉뚱하게 시작했지만, 간호학과에서 이론과 실습을 하며 간호사에 대해 많이 고민했다. 그러던 끝에 나는 응급실에서 간호사의 첫발을 내디뎠다.

간호사로 병원에서 근무하는 동안 참 많은 사건과 사고가 있었다. 탄생의 기쁨과 죽음의 슬픔이 공존하는 병원이지만, 죽음은 언제나 감당하기 어려운 일이다. 때론 흐르는 눈물을 참을 수 없을 때도 있었다.

어느 늦은 오후였다. 119 앰뷸런스의 사이렌이 시끄럽게 울렸다. 119 앰뷸런스가 도로가 아닌 응급실 문 앞에서 사이렌을 켜고 있다는 것은 십중팔구 심폐소생술 환자를 이송해왔음을 뜻했다.

긴장된 마음으로 119를 기다리고 있었는데, 한 할머니가 돌도 지나지 않은 아이를 포대기에 싸 안고 응급실로 들어왔다. 신발도 채 신지 못하고 울면서 헐레벌떡 응급실로 119구급대원들과 동행해 들어섰다. 순간 정신이 멍해졌다. 아이 할머니는 "애기가 숨을 쉬지 않아요!"라며 울부짖었다. 우리는 신속히 심전도선을 연결했다. 아이의 심장박동을 감지할 수가 없었다. 심정지 시간은 알 수 없었다.

할머니가 딸의 아이를 돌봐주는데, 잠시 집안일을 하는 사이 아이가 조용해졌고, 집안일을 끝낸 후 아이를 발견했을 때 아이는 축 처져 이불에 얼굴을 박고 있었다고 했다. 할머니는 계속 울부짖었다. 30분간 심폐소생술을 시행했으나, 역시 아이의 심장이 다시 뛰지는 않았다.

응급의학과 의사가 사망선고를 내렸다. 할머니는 우리를 붙잡고 무릎을 꿇고 살려달라며 애원했다. 아이의 부모가 응급실에 도착하고, 할머니는 자신이 아이를 잘못 봐서 죽였다며 대성통곡을 했다. 아이의 부모도 울음을 멈추지 않았다.

그 울부짖음은 30분이 넘게 이어졌다. 아무도 감히 어떤 위로를 전할 수 없었다. 고인이 된 아이의 부모는 마지막으로 아이에게 "사랑해"라는 말을 남겼다. 부모는 세상을 잃은듯한 표정으로 눈물을 흘렸다.

그 모습을 보며 당시 스물여덟 살이었던 내 가슴도 먹먹해졌다. 눈에서는 뜨거운 눈물이 뺨 위로 흘러내렸다. 당시 나는 결혼하기 전이었고 아이도 없었다. 지금 만약 그런 경험을 한다면 과연 나는 어떨까? 아이의 죽음은 언제나 감당하기 어렵다.

중간보스 간호사

2004년 3월 나는 서울 동대문에 있는 응급실에서 간호사 생활을 시작했다. 일반인들은 잘 모르지만, 동대문에는 여러 '형님'들이 있었다. 전국구 형님들과 지역구 형님들이 공존하는 곳이었다.

그들은 크고 작은 사건으로 종종 아니 자주 응급실에 방문했다. 술에 취해 응급실에서 행패를 부리는 형님도 있었지만, 젠틀한 형님도 있었다. 그들과 응급실에서 간호사와 환자로 공존한 지 3년여 만에 나는 동갑인 '형님'과 안면을 텄고, 라포Rapport(상호 신뢰 관계)가 형성되었다.

그 친구는 중간보스 정도인 듯했다. 그와 친해지니 그 아래 '식구'들이 언젠가부터 나에게 인사를 했다. 조직에서의 내 서열도 중간보스 정도인 듯 그런 대접을 받게 되자, '동생'들이 생기기 시작했다. 그때 한창 유행하던 도박 게임장 '바다 이야기' 앞에 있던 동생들이 출근하는 나를 보고 허리를 90도로 꺾는 '폴더 인사'를 할 정도였다. '내 레벨' 밑으로는 더 이상 동생들이 와서 행패를 부리지도 않았다. 가끔 행패를 부리는 동생들이 있으면, 중간보스 전화찬스를 쓰는 경우도 종종 있었다.

이제는 추억이 되어버린 일이다. 현재 병원은 사설 보안요원들이 상주한다. 그 당시에는 기껏해야 응급실 이송 직원과 원무과 직원이 그들을 상대해야 했다. 당시에는 물리적인 폭력이 지금보다 많았다. 그런 그들과 대립각을 세우기보다는 라포를 형성해 원활하게 문제를 해결하는 편이 나았다.

간호사 생활 첫 1년은 정말 눈코 뜰 새 없이 바쁜 나날을 보냈다. 이론과 실제는 엄청나게 차이가 났다. 분명 책에서는 질병의 기전과 치료 방법에 대해서만 배웠는데, 실제 간호학은 의학적인 이론이 아닌 인간과의 사이에서 일어나는 그런 일들을 조율하고 관리해야 했다.

임종을 앞둔 환자와 가족들이 의미 있는 시간을 보낼 수 있도록 지지하고, 어린 자녀들의 사고가 자신의 잘못이라 자책하는 부모들에게 정서적으로 지지하며, 술에 취해 응급실을 찾은 취객 달래기 등, 간호사는 내원하는 많은 환자와의 관계 속에서 그들의 이야기를 듣고, 아픔을 달래며, 상처를 보듬는 역할을 해야 한다.

하지만 그리 녹록지 않은 것이 현실이다. 응급실로 몰려드는 환자들을 돌보는 동안에는 정말 물 한 잔, 화장실 한 번 가기도 어려울 만큼 마음의 여유가 생기지 않는다.

우리나라의 의료 현실을 깨달아가는 사이, 학생 때부터 꿈꾸던 일이 생각이 났다. '그래 나도 미국 간호사가 될 거야!' 그길로 미국 간호사가 될 수 있는 방법을 찾기 시작했다.

일단 미국 간호사 시험 공부를 할 수 있는 학원에 등록했다. 미국 간호사 시험 원서를 접수했다. 3교대를 하며 학업을 병행했다. 아침 근무를 할 때면 피곤한 몸을 이끌고 오후 수업을 들었다. 저녁 근무와 밤 근무를 하고 나서는 오전 수업을 들으며 그 꿈에 한 발자국씩 다가갔다.

그렇게 1년이라는 시간이 흘렀다. 그런데 미국에서는 별다른 연락이 오지 않았다. 통상 시험 서류 접수가 1년 넘게 걸린다는 얘기는 들었으나, 내 경우에는 정말정말 오래 걸렸다. 거의 2년이 지나서야 내 원서가 접수됐다. 물론 그간 우여곡절이 있었지만, 2006년 12월 드디어 시험을 치를 수 있었다.

예전에는 미국령에서만 시험을 볼 수 있었다. 그래서 하와이나 괌 등 비교적 미국 본토보다 한국에서 가까운 곳에서 시험을 봤다고 한다. 2006년 내가 시험을 볼 당시에는 한국피어슨센터에서 시험을 볼 수 있었다.

떨리는 마음을 안고 시험장에 입실했다. 미국 간호사 시험은 컴퓨터로 치른다. 응시자에 따라 75문제부터 256문제까지 출제된다. 시험 시간은 최대 여섯 시간이다. 최근 경향을 찾아보니 요즘은 코로나 때문에 최소 60문제에서 최대 130문제, 제한 시간은 네 시간으로 변경되었다고 한다.

아무튼 시험이 시작됐다. 떨리는 마음으로 문제를 푸는데 내가 제대로 이해하고 있는지 의문이 들었다. 그렇게 문제를 풀고 풀어 75문제가 되었지만, 내 컴퓨터 모니터에는 '블루스크린'이 보이지 않았다. 그렇다면 계속 풀어야 한다. 계속 문제를 풀다 보니 블루스크린이 떴다.

블루스크린이 나오는 경우는 두 가지다. 시험 종료이거나 휴식시간. 나는 후자였다. 시계를 보니 세 시간이 지나고 있었다. 나는 마음이 더 바빠졌다. 휴식 시간도 시험 시간에 포함되기에 나는 바쁘게 손을 움직였다.

피어슨센터는 간호사 시험뿐 아니라 다른 직종의 시험도 같이 실시한다. 계산기를 두드리며 문제를 풀던 사람들이 쑥 빠져나가자 어느덧 주위가 조용해졌다. 네 시간이 지나고 왠지 나 홀로 이곳에 있다는 느낌을 받았다. 그랬다. 주위에 아무도 없었으며, 나 혼자 그 센터에서 시험을 보고 있었다.

문제는 200번대로 가고 있었고, 이제는 처음 접하는 내용들이 나왔다. 뭔가 불안했다. '멘탈'을 붙잡으며 문제를 풀다 보니 드디어 블루스크린이 떴다. 256문제를 다 푼 것이었다. 왠지 느낌이 싸늘했다. 합격수기들을 보면 75문제에서 블루스크린이 떴으며 아는 내용이 많다고 했다. 그런데 나는 256문제에 뒤로 갈수록 생소한 문제들만 보다 보니 낙방을 예감했다.

그렇게 우울하게 시험을 마치고는 며칠 뒤 웹사이트에서 합격 여부를 확인했다. 나는 내 눈을 의심하지 않을 수 없었다. 'pass' 합격이었다! 나도 이제 미국 간호사다. 그간 미드에서 봤던 미국 병원이 떠오르면서, 내 꿈도 벅차 올랐다.

꿈꾸던 미국행

그때 나는 고작 스물여덟 살이었다. 참으로 젊은 나이였다. 30대가 되면 결혼과 직장 등 많은 문제로 미국행을 결심할 수 없을 것 같아 스물아홉 살이던 2007년 6월 학생비자를 받고 미국으로 떠났다.

가난한 유학 생활이 시작됐다. 최대한 싼 비행기표를 구하기 위해 나는 직항으로 열네 시간이 걸리는 샌프란시스코를 스물네 시간 넘게 걸려서 갔다. 인천에서 나리타공항까지 한 시간, 나리타공항에서 여섯 시간 대기 후 다시 LA로 열네 시간이 넘게 비행했다. LA에서 또 네 시간을 기다린 후 샌프란시스코행 비행기에 몸을 실었다.

심지어 LA공항에서는 어머니가 싸주신 미숫가루가 문제를 일으켰다. 미국에서 배고프면 먹으라고 혹시나 터지진 않을까 해서 진공포장을 두 번이나 한 미숫가루를 5킬로그램 넘게 싸주신 것이다. LA에서 국내선으로 갈아타기 위해 입국 심사를 받던 중이었다. 미숫가루를 발견한 출입국사무소 직원이 이것이 무엇이냐고 내게 물었다.

'미숫가루가 영어로 뭐지?' 스마트폰도, 번역기도 없던 시절이었다. '이러다가 잡혀가는 거 아닌가'라는 생각이 들었다. "whole grain pouder", "mix the milk", "umm…" 이런 말을 하던 중 갑자기 옆에 있던 다른 직원이 "어, 미. 숫. 가. 루."라고 했다. 맞다. 그곳은 LA였다. 한인이 많이 사는 지역이라 난 다행히 샌프란시스코로 무사히 갈 수 있었다.

2007년 6월 미국에 도착해, 2009년 6월 한국에 돌아오기 전까지 참 많은 일이 있었다. 미국에 체류하는 동안 좋은 사람과의 좋은 추억도 많았다. 그런데 미국 간호사가 되기 위해 미국으로 갔지만 결론적으론 미국에서 일을 구할 수 없었다. 젊은 패기로 미국에서 버티면서 영어도 배우고, 일도 구할 수 있을 것이라고 막연하게 기대했지만, 준비되지 않은 자에게 기회는 오지 않았다.

미국에서 일하기에는 내 영어 실력이 부족했다. 또 '노동허가서'를 받아야 했지만 내가 있던 시기에는 노동허가서를 받을 수 있는 상황도 아니었다. 지금 돌이켜보면 너무 준비 없이 도전한 것이 아닌가라는 생각도 든다.

  귀국 후 아버지에게 괜히 미국 가서 돈만 쓰고 시간만 버리고 온 것 같다고 얘기했다. 아버지는 외려 이렇게 말씀하셨다. "미국 간호사 면허도 있고, 미국 가보지 못한 사람도 있는데, 미국에서 했던 경험은 앞으로 세상을 살면서 다 너에게 도움이 될 거다."

꼭 살려야 한다는 생각이 번뜩 들었다

응급간호팀 응급진료센터 장명철

엉뚱한 반항심이 이끈 곳

지금은 남자 간호사에 대한 편견이 많이 바뀌었지만, 내가 대학교 원서를 넣은 2010년도만 해도 남자 간호사에 대한 편견이 많았다. 고등학교 3학년 진로를 선택하는 도중 부모님에게 여러 학과를 보여드리며, 이중 간호학과가 어떻겠냐고 물었을 때 "남자가 무슨 간호사야?"라는 대답을 들었다.

처음엔 부모님의 반응에 반항감만으로 '왜 남자는 간호사를 하면 안 돼?'라고 생각했다. 그러다 차분히 생각해보니 남자가 적다는 것이 오히려 나에게 기회가 될 수도 있었다. 그래서 간호학과에 진학했다.

솔직히 간호학과를 선택할 때 두려움도 많았다. 주위를 아무리 둘러봐도 남자 간호사를 직업으로 가진 사람을 찾아볼 수 없었기 때문이다. 수십 년간 '금남의 구역'으로 여겨졌던 분야에서 잘 적응하고 살아남을지도 걱정됐다. 하지만 나에겐 남자 간호사에 대한 비전이 있었다. 여자만의 직업이라고 생각했던 곳에서 남자로서 내가 더 잘하는 무엇인가가 있지 않을까? 그리고 내가 그 시작이 될 수 있지 않을까? 그렇게 난 간호사에 대한 편견을 깨고 싶은 마음이 생겼고, 남자 간호사의 길을 선택하게 되었다.

간호사라는 직업군은 생명을 다루는 터라 위계질서가 강하다. 남자 간호사들은 대부분 군대라는 계급사회를 2년 동안 겪었기 때문에 이런 문화를 맞닥뜨렸을 때 당황하지 않고 쉽게 적응하는 것 같다. 하지만 실무에 있어서 남자 간호사는 여러 일을 동시에 처리하기보다는 한 가지 일에 몰두하는 경향이 있는 듯하다. 초기엔 다른 여자 동기들보다 업무처리 능력이 더딘 것도 같다.

아무튼 일반 병동에도 남자 간호사가 많이 있지만 여전히 응급실, 중환자실, 수술실 등 특수 파트에 더 많이 배정된다. 특수 파트에 배정된다고 해서 남자 간호사가 더 특별한 일을 하는 것은 아니다. 다만 그만큼 특수 파트에서 남자 간호사를 필요로 할 뿐이다.

삐용~ 삐용~. 신촌 길거리를 돌아다니다 보면 누구나 쉽게 들을 수 있는 사이렌 소리다. 그 사람들은 모두 어디로 가는 걸까? 대부분 저마다의 아픔을 가지고 세브란스병원 응급실로 향한다. 그렇다면 이 구급차에 탄 사람들이 가장 먼저 보게 되는 의료진은 누구일까? 바로 KTAS(한국형 응급환자 분류도구) 자격증이 있는 응급실 간호사다.

KTAS 자격증을 가진 간호사가 근무하는 곳을 트리아지 triage(중증도 분류실)라고 한다. 이곳이 응급실의 최전방이라고 할 수 있다. 트리아지에는 최소 4년 이상의 응급실 경력을 갖추고 KTAS 자격증을 취득한 간호사들이 있다. 이들이 응급실로 들어오는 모든 환자를 가장 먼저 살펴보고 중증도를 분류한다. 그다음 환자들은 응급의학과 의사들의 진료를 받고 각자의 구역으로 흩어져 나머지 치료를 받는다.

세브란스병원 응급실에는 130여 명의 간호사가 있다. 간호사 20~30명 정도로 구성된 병동과 비교하면 그만큼 규모가 크다는 점을 알 수 있다. 그중 남자 간호사는 열다섯 명이다. 2022년도 신규 간호사부터 10년 차 이상 간호사까지 골고루 포진해, 서로를 격려하며 응급실을 지키고 있다. 비록 남자 간호사가 열다섯 명이지만, 내가 입사하기 전부터 있던 남자 간호사 선배들이 부단히 발판을 다져왔기에, 내가 신규로 들어왔을 땐 남자 간호사에 대한 거부감이나 이질감이 없었다.

우리 병원 응급실은 다른 병원 응급실과는 다르게 '팀간호'를 채택하고 있다. 구역에 따라 돌보는 환자의 수는 다르지만, 간호사한 명이 액팅널스acting nurse(환자 옆에서 직접적인 수행을 하는 간호사)와 차지널스charge nusre(부수적인 업무를 하는 간호사) 업무를 동시에 하기때문에 좀 더 전문적으로 환자를 파악하고 돌보아야 한다.

처음 트레이닝을 받고 독립하면 '내 환자'라는 압박감과 여기저기서 나를 찾는 소리 탓에 많이들 힘들어한다. 하지만 그 순간을이겨내고 나면 누구보다 전문적인 응급실 간호사로 자리매김할수 있다.

응급실에는 중환구역, 준중환구역, 경환구역, 소아구역, 격리구역, 전원코디네이터, 트리아지, 교육간호사, 퇴원라운지 등 여러구역과 그에 따른 간호사의 역할이 있다.

손가락에 작은 상처를 입은 사람부터 심장이 멈춘 심폐소생술환자까지 다양한 질환의 환자가 응급실로 찾아오면, 그에 맞는 구역에 배정되어 치료를 받는다.

또 응급실은 특정한 부서의 환자만 있는 것이 아니라 여러 부서의 환자가 오는 곳이기 때문에, 특정한 부서에 국한된 지식이 아닌 다양한 의료 지식을 쌓을 수 있다.

응급실 풍경

응급실에는 예전부터 남자 간호사가 비교적 많이 근무했다. 그래서 내가 응급실에 왔을 땐 특별하게 고충이라고 느꼈던 점은 없었다. 실무적으로는 젊은 여성 환자의 유치도뇨관(요도에 넣어 소변을 배출시키는 관)이나 단순도뇨(소변을 멸균적으로 검사하거나 한 번 배출시킬 때 쓰는 도뇨 방법)를 할 때 다른 여자 간호사에게 도움을 요청하는 정도다.

남자 간호사의 가장 큰 고충은 환자와 보호자의 시선이다. 가끔 남자 간호사가 담당이라고 하면 거리감과 불편함을 느끼는 분들이 있다. 어떻게 보면 당연한 일일 수도 있겠지만 나는 이 장벽을 깨고 싶었다. 대부분 남자 간호사에 대한 기대감이 그렇게 높은 편은 아니기에 조금만 더 정서적으로 다가가고 전문적인 모습을 보여주면, 환자와 보호자가 느끼는 라포의 장벽이 오히려 더 낮아지는 것을 느낄 수 있었다. 내 행동 하나로 나를 보는 시선이 바뀔 수 있고 나아가 남자 간호사에 대한 편견이 깨질 수 있음을 배웠다.

* * *

원인불명열 FUO(원인을 알 수 없는 발열)이라고 들어본 적이 있을 것이다. 나이트(밤) 근무를 하던 중 38~39도로 열이 지속되는 젊은 여성 환자를 담당한 적이 있었다. 응급실에서 열이 나는 환자를 많이 경험했지만, 이분이 특히 기억에 남는 이유는 피검사와 영상검사 등 모든 검사에서 열이 나는 원인을 찾지 못해 고열 상태로 계속 응급실에 체류했기 때문이다.

담당 간호사인 나는 열을 최대한 낮추기 위해 해열제를 투여하고 동시에 얼음찜질, 미온수 마사지 등 응급실에서 할 수 있는 처치를 다했다. 하지만 열은 쉽게 떨어지지 않았다. 환자는 침대에서 뜨거운 숨을 내쉬고 있었다. 마음 한편엔 계속 걱정이 되었지만 다른 환자들을 간호하다 보니 퇴근 시간이 다가오고 있었다.

마지막 라운딩(병실 순회)을 갔을 때 환자는 잠들어 있었다. 혈압을 재려고 환자의 이름을 부르자 환자는 자기가 자고 있다는 사실에 깜짝 놀라며, 며칠 만에 잠을 잔 건지 모르겠다며 감사하다고 했다. 밤낮없이 환자가 몰려와 시끄러운 응급실이란 곳이 분명 잠을 자기에 편안한 환경은 아니다. 그런데도 잠이 들었다니 그 환자가 지금까지 얼마나 힘든 시간을 보냈는지 짐작할 수 있었다.

＊＊＊

11월 수능을 며칠 남겨두지 않았을 즈음 중환구역에서 근무할 때였다. 건물 화재로 화상을 입은 환자들이 응급실에 몰려왔다. 동시에 여러 환자가 들이닥쳐 정신이 없는 와중에 40대 여자 환자가 눈에 들어왔다.

그 환자는 일산화탄소를 너무 많이 들이켜 의식이 온전하지 못했다. 산소포화도(혈액 안의 산소 농도)가 떨어져 급하게 인공기도를 삽입했는데 혈압까지 계속 떨어졌다. 바이탈사인(활력징후)이 쉽게 회복되지 않았다. 중심정맥도관 삽입 후 고농도의 승압제(혈압을 올리는 약물)를 썼다. 응급실에서 할 수 있는 모든 응급처치를 끝내고 환자를 고압산소 치료가 되는 다른 병원으로 보냈다.

더 안타까웠던 것은 이 환자의 아들이 수능을 며칠밖에 남겨두지 않은 고등학교 3학년 학생이라는 점이었다. 인생에서 몇 안 되는 중요한 시기에 있는 아들에게 이렇게 안타까운 사고 소식을 누가 전할 수 있을까? 이 소식을 접한 순간 나는 이 환자의 상태를 그대로 전해야 하는 게 맞는지, 아니면 조금이라도 시험에 집중할 수 있도록 안정된 방법으로 설명해야 하는지 딜레마에 빠졌다. 한 번도 이러한 상황을 생각해본 적이 없었던 나는 의료진의 윤리라는 문제에 직면했다.

*＊＊

응급실은 '왜'라는 것을 찾아내는 곳이다. 한번은 건장한 30대 남성이 의식변화mental change로 들어왔다. 젊은 사람이 의식 변화가 있다는 것은 흔치 않은 일이다.

걱정스러운 마음으로 환자를 마주했다. 아무런 과거력도 없었고 몇 시간 만에 갑자기 의식에 변화가 생겼다고 해, 원인을 찾기 위해 피검사를 하고 CT를 찍었다. 하지만 아무런 의미 있는 결과를 찾지 못했다.

더구나 의식변화 탓에 전혀 협조가 되지 않았다. 간호사와 보안요원 여러 명이 달라붙어 환자를 억제하고 겨우겨우 검사를 진행했다. 간호사와 응급의학과 모두 그 환자에게 몇 시간 동안 시달린 터라 다들 지쳐가고 있었다. 의식변화 문제이기에 신경과에 협의 진료를 의뢰했고, 신경과에서 상의한 끝에 신경계적 질환을 확인하기 위해 척추전자Spinal Tap 검사를 진행하기로 했다.

여전히 환자는 전혀 협조가 되지 않는 상황이었다. 이미 지칠 대때로 지친 우리들은 어떻게 환자가 움직이지 않고 검사받게 할지 미리 걱정하고 있었다. 이 소식을 접한 응급의학과 교수님이 혈중알코올농도 검사를 해보는 것이 어떻겠냐고 제안했다. 이른 오후 시간이기도 했고, 보호자는 환자가 술을 마시지 않았다고 말했기 때문에 혈중에탄올ethanol 검사를 진행하지 않은 상태였다.

혹시나 하는 마음으로 혈액검사를 진행했다. 그 결과 에탄올 수치가 300mg/dl이 넘게 측정됐다. 이 모든 문제가 정신이 아니라 술 때문이었다. 모든 협진이 취소됐다. 우리들은 허탈함에 환자를 원망 어린 눈빛으로 바라보았다.

몇 시간 지난 후 환자는 정신이 온전하게 돌아왔다. 그는 우리에게 미안하다는 말과 함께 홀연히 응급실을 떠났다. 짧은 시간이었지만 이 환자를 걱정하고 원인을 찾기 위해 노력했던 우리들의 모습이 스쳐 지나갔다. 환자가 무사히 퇴원해 다행이었지만 그 허탈감은 아직도 잊을 수가 없다.

* * *

응급실은 환자들의 응급한 증상을 응급으로 처치하는 곳이다. 그래서 환자가 회복되는 모습을 관찰하는 경우가 드물다. 대부분 응급처치 후에는 병동이나 중환자실 아니면 다른 병원으로 전원을 가기 때문이다.

응급실에서 5년간 일하면서 환자 상태가 급격하게 좋아진 경우를 본 적이 있다. 바로 HEP(간성혼수) 환자를 관장 치료할 때였다.

병원에 입사하기 전엔 누군가의 대소변을 치우는 일을 해본 적도 없었고 해야 할 이유도 없었다. 하지만 간호사란 직업을 택한 사람은 환자의 대소변을 치우는 일을 감수해야 한다.

그중 가장 힘든 것이 관장인데, 협조가 되지 않는 환자에게 관장 치료를 하는 것은 육체적으로나 정신적으로 굉장히 힘들고 에너지가 많이 소모된다. 특히 HEP 환자는 말 그대로 혼수상태이기 때문에 괴력을 발휘한다. 하지만 이 환자의 유일한 치료 방법이 관장이기에 어떻게든 관장을 해야 한다.

치료 환경을 유지하기 위하여 억제대를 사용해 손발을 고정하고 관장 치료를 하게 되는데, 관장하는 도중 대변이 튀어나와 옷에 묻기도 하고 혼수상태의 환자가 움직이다가 때려 우리가 맞는 경우도 있다. 이런 경우는 대부분 관장 치료가 한 번으로는 끝나지 않는다. 하기 싫고 무섭지만 여러 번 관장 치료를 하며 환자의 상태가 변화하는 것을 관찰해야 한다.

한번은 이런 환자가 있었다. 처음엔 욕을 하고 고래고래 고함을 지르고 폭력적이던 환자가 네 번의 관장 치료를 마치자 드라마틱하게 대화가 가능한 온전한 정신으로 돌아왔다.

HEP 환자가 응급실에 오면 육체적으로 힘들다는 점을 알지만 그만큼 빠르게 회복된다는 사실 또한 알기에 응급실 간호사들은 환자의 회복을 위해 그저 자기의 맡은 일을 열심히 한다.

"공사장에서 50대 남성 폴다운fall down CPR(추락으로 인한 심정지) 온대요."

응급실에 근무하면서 수없이 많은 심폐소생술 상황을 경험했지만, 특히 젊은 사람들의 경우에는 더욱 마음이 아프다. 그날도 어김없이 CPR 소식을 듣자마자 우리는 소생구역에서 환자를 맞이하기 위해 분주하게 움직였다.

"어디에서 오는 거래?"

"어떻게 하다가 떨어진 거야?"

궁금증을 가지고 준비하는 도중 트리아지를 거쳐 복도 끝에서부터 심폐소생술을 하며 들어오는 119구급대원의 모습이 문 사이로 보였다. 환자는 빠르게 소생구역으로 들어왔고 우리는 병원 침대로 환자를 옮겼다.

환자는 안전모가 얼굴에 반쯤 걸쳐져 있었고 옷에는 흙이 많이 묻었고 신발은 먼지로 하얗게 뒤덮여 있었다. 어디에 걸렸는진 모르겠지만 곳곳에 찢어진 부위가 보였다. 그 사이로 빨갛고 뜨거운 피가 계속해서 흘러나왔다.

"공사장 5층 높이에서 추락하셨고, 동료들이 쿵 소리에 가보니 환자가 떨어져 있었다고 합니다. 발견 즉시 동료 분이 심폐소생술을 했고, 119에서 이니셜리듬initial rhythm(처음 심장박동) 에이시스톨리Asystole(무수축)에 병원 도착 전까지 펄스pulse(박동) 없었습니다."

우리는 바로 가슴에 심전도 확인 장치를 붙여 심장박동을 확인했다.

삐-.

"에이시스톨리, 심장 압박compression 계속해주세요."

이와 동시에 우리는 정맥주사 라인을 확보하고 생리식염수 1리터를 급속주입하며 에피네프린 1밀리그램을 바로 주사했다.

"에피네프린 1밀리그램 정맥주사로 들어갔습니다."

우리 병원 응급실에선 심장박동 확인은 2분마다, 에피네프린 주사는 3분마다 하도록 약속되어 있다. 담당 간호사가 리더로서 시간에 맞춰 지시한다. 동시에 응급의학과에선 환자의 기도 확보를 위해 기도삽관(호흡을 위해 인공기관을 넣는 행위)을 시행하고 응급실 간호사들은 시간에 맞추어 약물을 투여하고 기록한다.

"심장박동 확인할게요."

삐-.

"에이시스톨리, 심장압박 계속해주세요."

점점 시간이 흐르고 처음의 어느 정도 바쁜 시간이 지나간 뒤 우리는 환자의 옷을 정리하기 시작했다. 피가 묻고 찢어진 옷을 자르고 벗겼다. 기도삽관 튜브 안과 밖에서 심장압박 압력 때문에 계속해서 피가 났다. 멸균거즈로 튀지 않게 튜브를 감싸고 석션suc-tion(흡인)을 하며 옷을 벗겼다. 추락이 심했는지 팔뼈가 보일 만큼 상처가 컸다. 상처를 압박하기 위해 팔을 만졌다. 뼈가 모두 부서져 팔이 물렁물렁했다.

바지를 갈아입혔다. 오른쪽 정강이도 뼈가 보일 정도로 접질려 있었다. 피와 진물이 뒤섞여 계속 흘렀다. 피를 닦는데 아직 따뜻한 온기가 느껴졌다. 꼭 살려야 한다는 생각이 번뜩 들었다.

"심장박동 확인할게요."

심전도 모니터에 드디어 심장이 뛰는 신호가 보이기 시작했다. 하지만 맥박은 없었고 심전도에 파형만이 전기적 신호로 흐르는 PEA 상태였다.

"PEA, 심장압박 계속해주세요."

"에피네프린 1밀리그램 들어갈게요."

10분, 20분, 30분…. 시간이 점점 흐를수록 의료진들은 골든타임을 놓쳐버린 것이 아닐까 하는 걱정스러운 마음으로 심폐소생술을 지속했다.

"심장박동 확인할게요."

"…어? 심장 뛰는데?!"

"ROSC(심장의 자발순환 회복), 바이탈사인 측정하고 C-line(중심정맥도관), A-line(동맥 내 카테터), Foley cath(유치도뇨관) 준비해주세요."

68/34―67―89퍼센트.

"Peripheral(말초혈관)로 Norpin single(승압제) 10cc/hr로 시작할게요. NS 로딩(생리식염수 급속주입)은 계속해주세요."

우리 모두의 바람대로 미약하게나마 심장이 돌아왔다. 우리는 살려야 한다는 마음에 최선을 다해 처치했다. 응급의학과에선 C-line, A-line을 삽입하고 우리는 승압제를 섞어 투여하고 활력징후를 계속 측정했다.

100/60―70―96퍼센트.

어느 정도 활력징후가 안정화되고 난 뒤 혈액 검사를 나갔다.

Hb: 6.8.

누가 봐도 건장한 성인 남성의 정상적인 수치는 아니었다. 응급수혈이 필요한 상황이었다. 혈액형 검사가 나오기 전에는 어느 혈액형이든 수혈을 할 수 있는 유니버셜universal O형만 쓸 수 있다. 인턴이 피를 가지러 혈액은행으로 뛰어갔다. 우리는 피를 급속주입하기 위해 블러드펌핑Blood pumping기(압력을 주어 혈액을 빠르게 주입하는 장치)를 준비했다.

77/59―56―92퍼센트.

"선생님 혈압 계속 떨어지고 있어요! 77/59."

"Levo(승압제) 2cc Purge(급속주입) 할게요, 혈액은 언제 오나요?"

"혈액은 인턴 선생님이 곧 가지고 올 거예요. 피 오면 바로 짜서 줄게요."

혈액이 도착했다. 우리는 피를 짜 주고 승압제를 높이며 환자의 활력징후를 집중적으로 관찰했다.

PR: 50⋯ 40⋯ 20⋯.

"선생님 맥박 늘어져요!"

"아트로핀 1밀리그램 빨리 투여해주세요!"

"아트로핀 1밀리그램 IV(정맥) 투여할게요!"

심박동이 돌아오는 듯했으나 우리의 바람과는 다르게 심장이 다시 멈췄다. 심장박동이 사라졌다.

삐―.

"에이시스톨리, 심장압박하고 에피네프린 투여할게요."

10분⋯ 20분⋯ 30분⋯.

우리는 한 사람의 생명을 살리기 위해 사투를 벌였지만 안타깝게도 환자는 심장박동이 무수축으로 지속되다가 결국 사망했다. 방금 전까지 뜨겁게 흐르던 피는 어느새 식어버렸다.

우리는 환자의 옷과 주사줄을 정리했다. 고인이 하늘에서 편안하게 쉬기를 바라며 흰 천을 발끝에서 머리 위까지 덮어드렸다.

마지막으로 보호자가 환자를 볼 수 있게 보호자 안내를 해야 했다. 밖에서 기다리는 보호자에게 이 순간을 안내하는 것이 가장 힘들고 괴롭다. 고인은 50대 가장으로 아직 앞길이 창창했다. 배우자와 자녀들과 함께할 날이 더 많을 텐데 그렇게 떠나버렸다. 보호자는 흰 천으로 덮인 고인을 보자마자 다리가 풀렸다. 차갑게 식은 고인을 끌어안고 하염없이 소리 내어 울었다.

"당신 없이 어떻게 살라고… 이렇게 먼저 가버리면 어떡해….."

보호자에 비할 것은 아니지만 그 모습을 바라보는 간호사들 역시 차마 말로 표현할 수 없는 허무함과 슬픔을 느낀다. 아침까지만 해도 건강하게 출근했을 텐데 불과 몇 시간 뒤에 싸늘한 주검이 되어 돌아온 남편을 보는 보호자의 마음을 누가 헤아릴 수 있을까.

이러한 상황을 겪다 보면, 응급실 간호사로 내가 하는 일에 대한 막중한 책임감과 사명감을 느낄 수밖에 없다. 한 사람의 생명을 다루는 의료진으로서 내 마음가짐과 생각을 되돌아보게 된다. 그리고 내 몫을 잘 해내는 간호사가 되고자 다시 다짐한다.

인큐베이터 안의 전쟁

신생아과 임상전담간호사 임희문

신생아를 돌보는 투박한 손길

삐-삐- 하는 기계 알람음, 어디선가 들리는 아기의 울음, 급박하게 움직이는 사람들. 신생아중환자실에 처음 들어가면 볼 수 있는 장면들이다. 신생아중환자실은 다양한 질환으로 치료가 필요한 신생아들이 태어나자마자 오는 곳이다.

신생아라고 하면 작은 아기가 포에 싸여 분유를 먹는 모습을 상상한다. 그러나 신생아중환자실의 신생아는 조금 다르다. 1킬로그램 미만으로 태어난 미숙아부터 선천적 기형으로 인해 수술이 필요한 아기도 있다. 특별한 문제없이 정상 자연분만을 했지만 호흡곤란으로 인공호흡기가 필요한 신생아도 있다. 이처럼 신생아중환자실에는 다양한 이유로 힘든 시간을 겪는 아기들이 살고 있다.

간호사가 근무하는 부서는 다양하다. 많은 부서 중 소아환자를 담당하는 부서는 호불호가 있는데, 대화가 통하지 않는 아이를 돌본다는 어려움이 가장 큰 기피 이유이다. 또 아픈 아동 옆에 '매의 눈'으로 의료진을 지켜보는 보호자를 상대하는 일도 만만치 않다.

이러한 소아 부서 가운데 신생아중환자실은 작디작은 신생아와 많이 아픈 중환자가 더해진 곳이니 얼마나 힘든 곳인지 부서 이름만으로도 예상할 수 있다. 그래서 어떤 이에게는 도전해보고 싶은 매력적인 곳이고, 어떤 이에게는 천금을 준다고 해도 가기 싫은 부서이다.

병원에 취직한 뒤 신생아중환자실을 발령 희망 부서로 적자, 주변 사람들이 호기심 어린 눈으로 나를 봤었다. 간호대학에서 학생이던 시절부터 간호사로 근무하는 지금까지 신생아중환자실에서 근무하길 원한다는 남자 간호사는 거의 없었기 때문이다. 더욱이 인큐베이터 안의 자그마한 생명을 '투박한' 남자 간호사가 돌보는 장면을 상상하기란 쉽지 않다.

그러나 띠동갑 동생이 있는 나에게, 신생아는 그리 어려운 존재가 아니었다. 초등학생 때 분유를 먹이고 기저귀를 갈아본 경험이 있어서인지, 나에겐 신생아중환자실의 신생아가 오히려 친숙했고 간호를 통해 더 도움을 주고 싶었다.

만약에 '아기 분유 먹이고 트림시키기 대회'가 있다면 내가 우승할 수 있지 않을까? 나는 우리나라 남자 가운데 가장 자연스럽게 분유를 먹이고 아기를 안을 수 있다고 자부한다.

인큐베이터 안에서의 사투

담당 간호사 시절, 하루 동안 적게는 세 명에서 많게는 다섯 명의 환자를 담당했다. 평균적으로 한 달에 여든 명의 신생아를 안고 돌봤다(물론 중환자가 많기 때문에 정상 신생아처럼 돌보지는 않았다).

신생아는 출생 후 30일 이내의 아기들을 말한다. 신생아중환자실에 입원하는 아기들은 선천성 질환으로 수술이나 치료가 필요한 경우, 출생 후 호흡곤란으로 치료가 필요한 경우가 있다. 그리고 그중 세상에 일찍 나온 미숙아를 가장 많이 보게 된다.

분유를 먹으며 기저귀에 응가를 하고 우는 아기들은 언제 봐도 귀엽다. SNS나 유튜브 등에 작은 동물이 나오는 영상이나 예능 프로그램에서 아이와 아빠가 같이 나오는 프로그램이 여전히 인기인 이유는, 아마도 작은 생명들에게서 느낄 수 있는 감동 때문이라 생각한다.

그러나 다른 한편으로 신생아의 아픈 모습을 보는 것은 쉽지 않다. 특히 미숙아들은 손을 대기 어려울 정도로 작기 때문에 인큐베이터 안에서 하는 모든 치료가 조심스럽다.

한번은 500그램 정도의 아기를 담당한 적이 있다. 성인 남성의 손바닥보다 작은 아기의 혈압을 재고, 약을 투여하는 모든 간호 행위가 두려움 속에서 행해졌다.

인공기도가 삽입된 1킬로그램도 안 되는 작은 아기에게 약을 투여하고 가래도 제거한다. 수혈을 하거나 특별한 경우에는 아기의 손과 발에 가느다란 혈관을 찾아 주사도 한다.

내 작은 행동 하나에도 작은 생명은 움직이고 반응한다. 그래서 산소포화도가 떨어지고 혈압이 떨어질 때는 내 심장도 함께 땅바닥으로 떨어지는 기분이다. 다른 부서에서도 마찬가지겠지만 환자가 안 좋아지는 모습은 아무리 근무해도 적응하기 힘들다.

이렇게 하루하루 합병증 없이 아기를 잘 키워나가는 것이 신생아중환자실에서 하는 일이다.

처음에 500그램이던 아기가 세상에 나온 이후에, 폐가 충분히 발달해 호흡할 준비가 되면 인공호흡기를 제거한다. 그러면 아기는 스스로 숨을 쉰다. 아기에게서 인공호흡기를 제거하고 아기가 스스로 숨을 쉬는 날은, 아기 엄마에게는 아기가 태어난 날 다음으로 기억하고 싶은 날이다. 신생아중환자실에서 치료받는 미숙아들은 태내 환경이 아닌 세상 밖에 나와 스스로 숨 쉬는 것부터 하나씩 배우고 있다.

이렇게 힘든 시간을 경험한 신생아가 퇴원하는 모습은 감동적인 다큐멘터리 한 편을 보는 것과 같다. 신생아집중치료실에서는 하루하루 세상에 적응하려는 신생아와 이를 도우려는 의료진이 작은 인큐베이터 안에서 매일 사투를 벌인다.

집으로 가기 위한 먼 여정

조기분만은 산모의 건강 문제 때문에 혹은 태내의 아기를 임신으로 유지하는 것이 불가능한 경우에 진행된다. 그리고 이렇게 나온 신생아를 미숙아라고 부른다.

세상에 일찍 태어난 미숙아는 스스로 호흡을 하는 데 익숙하지 않다. 아직은 충분한 준비가 되지 않은 상태에서 세상을 마주했기 때문에 미숙아는 많은 도움이 필요하다.

미숙아는 인공기도를 삽입하고 인공호흡기의 도움을 받아 호흡을 한다. 젖병으로 충분한 영양 공급이 어렵기 때문에 수액과 위관을 통해 영양을 보조한다. 그래서 갓 출생한 미숙아는 자그마한 몸에 머리부터 발끝까지 여러 모니터와 관을 삽입하고 있다.

미숙아로 태어난 신생아는 태어난 체중과 출생 시기에 따라 다양한 합병증을 경험하면서 힘든 시간을 겪는데, 어떤 경우에는 입원 치료 후에도 지속적인 산소 치료가 필요하고, 장 움직임 저하로 장이 막히기도 하며, 뼈가 너무 약해서 쉽게 부러지기도 한다.

이렇게 많은 고난을 견디고 치료가 종료될 즈음에는 퇴원을 준비하는 '이행 과정'을 겪는다. 퇴원은 아기의 엄마에게는 너무나 기다리던 순간이다. 그런데 아기를 이제 집에서 돌봐야 한다는 부담감 또한 이루 말할 수 없다. 그래서 입원 기간이 오래된 아기들은 신생아중환자실에서 퇴원 전까지 엄마를 '훈련'시킨다. 퇴원 후 아기를 안전하게 돌볼 수 있도록 돕는 일도 신생아중환자실 간호사의 역할이다.

미숙아는 교정주수(엄마의 마지막 월경으로부터의 기간) 34~36주에 보통 젖병수유를 시도한다. 신생아는 엄마의 배 속에서 성장하고 발달하게 되는데, 빨기·삼키기·호흡하기의 세 가지를 원활하게 수행하기 위해 최소한 34~36주의 시간이 필요하다. 만삭아가 40주에 출생하는 것과 비교하면 34~36주는 여전히 이른 시기이다. 그래서 많은 미숙아가 처음에는 젖병으로 분유 먹는 것을 버거워하지만, 미숙아 발달을 위해서는 젖병수유가 필수적인 과정이다.

미숙아는 이러한 '먹는 연습 중'에 어떨 때는 숨이 차서 빨지 못하는 경우가 있다. 반대로 너무 먹느라 호흡을 못 하는 경우도 있다. 그래서 퇴원을 앞둔 보호자에게 아기를 안고 수유하는 연습을 시킨다.

한번은 28주에 태어난 미숙아가 퇴원을 준비했는데, 이 아이의 경우 성격이 급하고 너무 열심히 먹었다. 엄마는 퇴원을 앞뒀다는 기쁜 마음으로 수유 연습을 하러 왔고, 너무나 잘 먹는 아기의 모습을 보고는 기뻐했다.

그러나 교육하던 나는 안타까웠다. 아기의 얼굴색과 호흡 양상을 보며 아기의 호흡에 맞춰 적절히 젖병을 떼야 하는데, 엄마는 그러한 모습을 알아차리지 못했기 때문이다. 엄마가 젖병을 제때 떼지 않으면 100미터 달리기를 한 뒤 숨이 '헐떡헐떡'한 상태에서 물을 입에 '콸콸' 붓는 상황과 동일하다. 당연히 아기는 숨이 차서 사레들리고 엄마는 깜짝 놀라며 젖병을 떼는 경우가 생긴다.

또 어떤 아기들은 엄마의 품이 너무 편해서인지 안기기만 하면 자꾸 잠들어 분유를 다 먹지 못하는 경우가 있다. 엄마는 자신이 너무 편안하게 안아줬다며 흐뭇해한다. 이런 경우에는 일찍 태어나 다른 아기들의 성장과 발달을 따라가야 하는 미숙아에게 퇴원후 필요한 영양을 주지 못할 수 있기 때문에, 또다시 내 속은 검게 탔다.

물론 출산 후 짧게는 2주에서 길게는 세 달까지 아기를 안아보지 못한 엄마들이 처음부터 수유를 잘하기란 어렵다. 그래서 수유 연습을 하는 것이지만, 아기를 만나 기쁘기만 한 엄마를 보면 나는 걱정이 가득하다.

맹수는 아니지만

"남자 간호사, 힘들지 않아요?"라고 누군가가 물었다. 나는 깊이 고민하다가 "특별히 힘들지는 않아요"라고 대답했다. 하지만 누군가가 '남자'라는 말을 빼고 "간호사 힘들지 않아요?"라고 물어봤다면 주저 없이 "네"라고 대답했을 것이다.

간호사로 근무하면서 남자 간호사이기 때문에, 성별 때문에 특별히 힘든 점은 없다. 물론 몇 가지 불편함은 있다. 남자 간호사 수가 계속해서 늘고는 있지만 간호대학 시절부터 남자는 여전히 소수이기 때문에 남자 탈의실이 없는 실습지에서는 화장실에서 실습복으로 갈아입는다거나, 간호학생을 위한 탈의실이 공용이라 탈의실에 불쑥 들어갔다가 옷을 갈아입던 여학우를 마주치지 않을까 문 앞에서 기다리는 일이 있었다. 근무하면서는 보호자가 담당 간호사가 남자인 것을 알고 흠칫 놀라기도 한다. 그러나 이런 모든 일이 힘든 일은 아니다.

그런데 간호사로 일하는 것은 힘들다. '남의 돈을 번다는 일'이 힘든 일이라고는 하지만, 병원은 전문적인 간호에 필요한 육체노동 외에도 정신적으로도 힘든 곳이다.

쉬는 날, 우연히 TV 프로그램에서 상처 입은 새끼를 치료하기 위해 함께 있는 어미 맹수를 마취총으로 재우는 모습을 본 적이 있다. 마취총에 맞으면서도 새끼를 지키려는 어미의 눈빛을 보면서 병원에서 마주한 보호자들이 떠올랐다.

아기가 입원한 첫날은 아기의 아빠를 만난다. 왜냐하면 엄마는 분만한 터라 몸을 움직일 수 없기 때문이다. 다음 날 처음 아기를 보기 위해 면회 온 엄마에게 아기의 상태에 대해 설명하려고 다가가면 '우리 아기를 맡길 만한 사람인가?', '해를 입히지는 않을까?' 하는 의심의 눈초리를 마주한다. 물론 면회 마지막에는 "우리 아기 잘 부탁드려요"라는 말을 빼놓지 않고 듣는다.

꼭 신생아중환자실이 아니더라도, 또 소아병동이 아니더라도 환자는 예민하다. 상처 입은 맹수가 더 무섭듯이 내가 아플 때 더 날카로워지기 마련이다. 특히 아픈 아기의 보호자는 더 예민하다. 물론 보호자가 맹수는 아니지만, 아픈 아기를 맡겨야 하는 입장이기 때문에 이러한 보호자와 환자를 대하는 일은 심적으로 느끼는 부담감이 크다.

비가 많이 오던 어느 여름날, 그날은 이브닝 근무라 평소보다 조금 일찍 출근했다. 탈의실에 도착해 옷을 갈아입고 신생아중환자실에 들어가기 위해 손을 닦고 있는데 저 멀리서 한 선배가 나를 반겼다. 간호사는 선배에게 칭찬을 들을 때보다 혼나는 경우가 많다. 그래서 낯설고 생소한 그 반가움이 괜히 불안했다.

선배는 내 앞 근무였다. 교대하려고 담당 자리로 가보니, 그곳은 '전쟁통'이었다. '그러면 그렇지!' 나를 반겼던 선배는 나하고 너무 친해서, 또는 내가 이쁨받는 살가운 후배여서 반긴 것이 아니었다. 단지 자신을 전쟁통에서 구원(교대)해 줄 사람이 나였기에 나를 반긴 것이다.

전쟁통 가운데 '라이언 일병'처럼 누워 있는 아기는 수술방에 갈 수 없을 정도로 상태가 나빠져, 병동 안에서 수술을 해야 할 상황이었다. 신생아중환자실에서는 1킬로그램 미만의 미숙아가 괴사성장염(장이 괴사되는 질환)이나 태변(태아 때부터 가지고 있는 장 속의 배설물) 탓에 장이 터지거나, 심장질환으로 활력징후가 안정적이지 않으면 부득이 병동에서 수술하게 된다. 그리고 바로 그날이 그런 날이었다.

한쪽에서는 수술에 필요한 장비와 약물 준비가 한창이었다. 다른 한쪽에서는 환자를 마취하는 등 수술 준비를 하고 있었다. 수술실보다 협소한 중환자실에서 수술할 공간을 만들고 수술을 진행하기란 매우 어렵다. 하지만 수술실로 이동할 수 있는 상태가 아니라면 어쩔 수 없이 병동에서 수술해야 한다.

나는 전쟁터로 걸어 들어갔다. 속으로는 10분만, 아니 뒤로 열 걸음만 되돌려서 그대로 집으로 발길을 돌리고 싶었다. 오늘 환자가 받아야 하는 수술은 동맥관결찰술(동맥관을 묶는 수술)이다.

동맥관은 태아가 엄마의 배 속에서 태아순환에 사용하던 대동맥과 폐동맥 사이의 연결된 구멍이다. 출생 후 수 시간 또는 며칠에 걸쳐 구멍이 닫히는데, 세상에 일찍 나온 미숙아의 경우 출생한 뒤에도 여전히 동맥관을 통해 혈액이 흐르는 경우가 있다.

이 경우 대부분은 약을 쓰는데, 혈압이 안정적인 환자의 경우 들어가는 수액과 소변 같은 배설량을 조절해 몸속을 순환하는 혈액량을 관리하며 지켜본다. 그런데 1킬로그램 미만의 초극소 미숙아는 모든 장기가 미숙해서 아기 상태를 유지해주는 독한 약물에 외려 신장 기능이 약해진다. 그래서 동맥관을 닫게 만드는 약을 더 이상 사용하지 못한다. 또 구멍을 통한 혈류가 많아지면 혈압이 낮아지고 소변을 못 보면서 아기 상태가 급격하게 나빠질 수도 있다.

'라이언'은 며칠 전부터 혈압이 빈번하게 떨어졌다. 수혈하고 승압제를 쓰고 인공호흡기 치료도 했지만, 산소포화도가 불안정해 불안하더니 결국 수술을 해야 하는 상황에 이르렀다.

수술실에서 필요한 장비와 물건을 빌리고 다른 환자들을 이동시켜 수술할 공간을 만들었다. 보호자가 와서 수술을 집도하는 교수님에게 설명을 듣고 동의서에 사인하면서 수술이 시작됐다. 담당 간호사로서 나는 환자의 모니터를 보고 간호기록을 하면서 필요한 물품을 전달했다.

수술 시작 후 10분 정도 흘렀을 때, 수술을 진행하던 중 갑자기 모니터 알람과 함께 아기의 혈압이 낮아지기 시작했다. 그리고 신생아과 교수님이 "NS 로딩하고, 들어가는 혈장 속도 두 배로 주세요"라고 외쳤다. 그 말과 함께 나는 바쁘게 뛰어다니기 시작했다. 1킬로그램도 안 되는 신생아가 무사히 수술이 끝나기를, 그리고 수술하는 동안 모든 것이 안정적이기를 간절히 바랐다.

다행히 수술은 안전하게 끝났다. 그리고 나의 진짜 업무는 그때부터 시작이었다. 수술 후 상태를 보기 위해 혈액검사를 확인하고, 마취에서 깨어난 아기의 상태를 확인하기 위해 활력징후와 혈액검사를 하면서 지속적으로 의사와 소통했다. 혹여나 수술 후 아기가 아파하지 않도록 심박수와 움직임을 확인하고 처방된 진통제 투여도 잊지 않았다.

그날은 어떻게 시간이 지나갔는지 모르겠다. 신생아중환자실은 많게는 다섯 명의 아기 환자를 담당한다. 수술로 정신없는 나를 대신해 담당 간호사를 '잃은' 나머지 내 아기 환자들은 다행히도 동료들이 돌봐주었다. 동료들과 수술을 무사히 버텨준 아기에게 감사한 하루였다.

아이가 스스로 호흡하기까지

어린이병원 신생아중환자1파트 이승현

상상하던 풍경 속으로

나는 늦깎이 남자 간호사다. 서른한 살의 나이로 2020년 4월 세브란스병원에 입사했다. 누군가는 직업적으로 안정적일 시기에 나는 새로운 시작을 한 셈이다.

내가 이 길을 이토록 늦게 선택한 이유는 오랫동안 생각만 해오던 것을 실현하고 싶었기 때문이다. 또 안 되더라도 도전은 해보고 싶었다. 수험생 시절 간호학과 입시에 줄줄이 '광탈(빛의 속도로 탈락)'했었고, 어쩔 수 없이 차선을 택해야 했던 갈증이 남아 있기도 했다.

이미 다른 전공으로 대학을 졸업한 나는 간호사가 되기 위해서 학사편입학이라는 제도를 택했다. 2017년 스물여덟 나이로 또다시 대학생이 되어서야 그 문턱에 진입했다.

경험해보지 않았더라도 간호학과의 풍경은 상상 그대로였다. 최근 남자 간호사의 비율이 점차 늘어난다고는 하지만, 여전히 간호사 집단의 대부분은 여성이다. 간호학과에 편입학해서 보니 대략 80명의 학생 중 10퍼센트만이 남학생이었다. 학교에서나 병원에서나 남자는 양적으로 '마이너'일 수밖에 없었다. 서로 문제에 접근하는 방법과 정도에서 차이가 났다. 그 때문에 발생하는 문제들도 종종 있다. 이것이 누구 하나의 문제는 아니다. 다른 것이지 틀린 것은 아니다. 다만 각자가 서로에 대해 이해하고 다름을 인정하려는 노력이 필요한 듯하다.

세브란스에서는 입사 후 간호국 교육을 마친 뒤 배정된 부서가 공개된다. 과연 어떤 부서로 발령이 날지, 내가 희망했던 부서일지, 조마조마한 마음으로 내 차례를 기다렸다. "니큐NICU(신생아중환자실)." 부서 공개와 함께 나도 모르게 헛웃음이 터져 나왔다. 당연히 내가 원했던 부서가 아니었다. 아기라고는 고작 아동간호학 실습과 조카가 커오는 과정을 본 게 다였다. 믿기 힘든 결과였지만 그렇다고 되돌릴 수도, 거부할 수도 없는 상황이었다. 나는 그렇게 어린이병원 간호팀 신생아중환자 1파트의 일원이 되었다.

아기 키우는 남자 그리고 동갑내기 과외 받기

내가 근무하는 신생아집중치료실은 두 구역으로 나뉘어 총 52병상을 운영한다. 환자는 1킬로그램이 안 되는 초극소 저체중아부터 4킬로그램이 넘는 아기까지 다양하다. 대다수는 엄마 배 속에서 일찍 나온 '이른둥이'들이다.

기계적 환기(호흡을 돕기 위해 기계를 사용해 폐로 들어오고 나가는 공기의 이동)와, 외과나 신경외과적 문제로 수술 전후 간호가 필요한 아기들이 NICU에 있다.

우리 부서는 약 90명의 간호사가 아기가 건강하게 집으로 갈 수 있도록 부모의 역할을 하는 아주 특별한 공간이다. 이 공간에서 나는 (전담 간호사를 제외하고) 성별이 다른 단 한 명의 남자 간호사였다.

간호국 교육이 끝난 뒤 부서에 투입되어 프리셉터와의 실무교육이 시작됐다. "반갑습니다." 2020년 4월, 첫 만남과 첫인사를 기억한다. 체구는 작고 왜소하지만 날카로운 눈빛의 프리셉터였다. 프리셉터는 눈빛과는 다르게 조곤조곤한 말투로 "반가워요"라며 답을 해주었다. 뒤늦게 알게 된 사실이지만, 내 프리셉터는 대략 10년 차 책임간호사급으로 나와 동갑이었다. 그렇게 동갑내기 과외가 시작됐다.

프리셉터는 낯선 사람이 있는 낯선 상황에서 아기를 다루는 방법부터 차근차근 알려주었다. 처음에는 아기를 손대는 것조차 두렵고 떨렸다. 생각하기도 싫은 낙상 사고가 일어날까 조마조마한 마음이 들었다. 단 한 번도 부모의 역할을 해본 적 없는 내가 작고 소중한 아기들을 잘 돌볼 수 있을까, 걱정하며 매일매일 긴장 속에서 지냈다.

무엇보다 가장 신경 쓰였던 것은 약물 용량이었다. 성인과 다르게 아기에게는 아주 소량의 약물을 사용한다. 체중과 재태주수(태아가 자궁에 있던 기간)에 맞게 용량과 간격을 고려해야 하고 약물마다 투약 방법도 달랐다. 약을 정확하게 투약하기 위해 우리는 늘 계산기를 가지고 다닌다. 아무리 강조해도 지나치지 않기 때문에 항상 두 번, 세 번 검토하고 투약하는 습관이 생겼다.

트레이닝 기간이 점점 막바지로 다가갈 무렵 또다시 두려움이 엄습했다. 이대로는 도저히 혼자서 여덟 시간 근무를 스스로 하기 힘들 것이라 판단했다. 독립을 앞두고 파트장과의 면담에서 트레이닝 연장을 요청했지만 완강히 거절당했다. 되든 안 되든 일단 해보자는 것이 결론이었다.

하루는 근무가 끝난 뒤 병동 구석에서 간호기록을 쓰다가 울음이 터져 나왔다. 옆에 있던 선생님도 적잖이 당황했을 것이다. 나는 그저 막연히 불안해했다. 간호사로서 가장 중요하게 생각하는 부분이 '환자 안전'인데, 나는 안전한 간호를 하지 못하는 간호사인 것만 같았다.

이런 긴장과 스트레스가 큰 부담으로 다가왔다. 점점 자신감마저 잃어갔다. 나 때문에 아기들의 상태가 나빠질까 두려웠다. 프리셉터 선생님에게 하소연하는 날이 잦아졌지만, 선생님은 항상 귀 기울여 들어주고 격려해주었다.

우여곡절 끝에 '독립'이라는 아찔했던 순간을 지났다. 지금까지 소소한 '이벤트'들이 있었지만 큰 사고 없이 많은 아기와 함께 지내고 있다. 아기들이 우유를 점점 잘 먹어가는 모습과 날로 자라 인공호흡기를 떼고 엄마 품으로 돌아가는 모습을 볼 때면 기특하고 뿌듯한 마음이 든다. 다른 부서에서는 흔히 볼 수 없는 장면이지 않을까.

종종 주변 사람들이 늦은 나이에 힘든 간호사 일을 시작해, 후회하지 않느냐고 묻는다. 그럴 때면 가끔 너무 힘들고 지쳐 후회할 때도 있지만 해보지 않은 일에 도전한 것에 대한 후회는 전혀 없다고 대답한다. 더욱이 아기들과 함께하는 시간은 행복하다.

기적을 만드는 일

내가 근무하는 신생아집중치료실은 여러 중환자실 중에서 유일하다면 유일한 '퇴원'을 하는 곳이다. 보호자는 출생이라는 축복에서 시작해서 퇴원이라는 축복을 맞이한다. 그런 축복 속에서 일하는 것은 참 기쁜 일이다.

물론 퇴원하기까지 아기들은 호흡 보조 장치를 달고 여러 검사와 수술, 수유 등 많은 어려움을 거친다. 아무튼 아기들이 인공호흡기를 빼는(이탈과 발관) 과정을 지켜보면 참으로 대견스럽다. 이는 당연히 모든 아기에게 쉬운 과정이 아니다. 인공호흡기를 이탈하는 과정에서 의료진은 아주 약간의 도움만 줄 뿐이다. 그 이후 스스로 안정된 호흡(정상 수치의 산소포화도)을 찾고 버티는 것은 온전히 아기들의 몫이다.

얼마 전 크리스마스를 맞아 보호자가 병동으로 편지를 한 통 보냈다.

세브란스 NICU 선생님들께,
안녕하세요. 저는 ○○○ 엄마입니다.
행복한 성탄절을 맞이해서 NICU에 있는 모든 아기들의
부모 마음을 대신해 작은 선물과 감사의 뜻을 전합니다. 안

그래도 코로나로 사랑하는 사람들을 만나기 어려운데, 따뜻한 온정까지 사라지면 안 될 것 같아 전해드리니 부담보단 기쁜 마음으로 받아주세요.

원래 12월 25일 오늘은 ○○이의 예정일이었습니다. 이 날을 저희 부부가 얼마나 기대했는지 몰라요. 이름도 하나님의 사랑을 듬뿍 받고 태어나라고 태명부터 쭉 ○○이었어요. ○○이가 이 세상에 나오기까지 모든 순간이 고비였어요.

아기가 아프다는 걸 그 어떤 검사에서도 확인이 안 되었다가 출산일 당일에 초음파로 심장 이상이 발견되어 근처 대학병원으로 옮겨 응급수술을 했습니다. 아이를 낳고 의사 선생님에게 처음 들은 말은 "희망이 없어요. 기적을 바라세요"였어요. 많은 고민 끝에 전원을 결정했습니다.

저희 부부는 ○○이가 세브란스에 도착한 날을 잊지 못해요. ○○이에게 처음으로 "포기하지 마세요. 해볼 수 있는 거 다 해봐요"라고 말씀해주신 의사 선생님과 간호사 선생님이 찾아오셨거든요. 어느 병원은 '기적을 바라세요'라고 이야기하고 어느 병원은 '기적을 만들어봐요'라고 해주시니 어찌 감사하지 않겠어요.

아직 넘어야 할 산이 많지만, 선생님들이 계시면 모든 산을 잘 넘을 것 같습니다. ○○이의 작은 변화를 눈여겨봐주시고 사랑으로 만져주셔서 진심으로 감사합니다. 아직 ○○이가 엄마 품에 안겨보지도, 손길을 느껴보지 못했지만 선생님들이 계시기에 외롭지 않을 거에요.

머지않아 NICU에 있는 아기들이 엄마 품에 안겨 모두 집으로 돌아가길 기도하겠습니다.

힘드실 텐데 사랑으로 저희 아기들 곁을 지켜주셔서 감사합니다. 선생님들의 수고가 있어 오늘도 부모 된 저희가 하루를 보냅니다. 올 성탄은 저희가 준비한 선물로 조금이나마 따뜻하시길 바랄게요.

편지를 보고는 많은 감정이 뒤섞이며 한참 눈물이 흘렀다.

○○이는 여러 문제가 있지만 인공호흡기를 이탈하지 못해 기도삽관을 수차례 반복하는 아기다. 늘 벤틸레이터ventilator(인공호흡장치)와 싸우고 있는 모습을 보면 아기가 말을 하지 못해도 눈가에 맺혀 있는 눈물 한 방울이 힘들다고 말하는 것처럼 느껴진다. 종종 ○○이의 인큐베이터 옆을 지나갈 때면 "○○아 일어나. 힘내"라고 마법의 주문처럼 말하곤 한다.

아기들 역시 우리와 마찬가지로 기쁠 때 웃고 슬플 때 눈물을 흘린다. 나는 아직 훌륭한 간호사는 아니지만, 점점 아기들과 대화하고 소통하는 방법들을 알아가고 있다. 그저 일로만 생각하고 해야할 일에만 급급했던 나의 모습을 반성하게 하는 따뜻한 편지 한 통이었다.

환자 상태 변화를 파악하고 처방을 정확하게 수행하는 것도 중요하다. 하지만, 말하지 못하는 아기들과 애착을 형성해 소통하는것 역시 신생아중환자실 간호사의 역할이 아닐까 싶다. 그저 담당간호사가 아닌 여덟 시간 만이라도 부모가 된다는 마음으로 아기들을 돌보아야겠다고 다짐했다. 너무나도 바쁜 병원 환경이지만이 마음을 잊지 않으며 기적을 만드는 간호사가 되고 싶다.

간혹 누군가는 신생아중환자실이 무슨 중환자실이냐고 말한다. 환자의 체구가 작다고 해서 절대 힘들지 않은 것은 아니다. 가끔은남자인 내 손바닥만 한 아기를 돌볼 때도 있다. 작은 자극에도 크게 반응하기 때문에 조금 더 세심한 손길이 필요하다. 그 때문에내 몸은 더욱 긴장하게 되고 피로감은 배가 된다. 이따금 높이가조절되지 않는 인큐베이터 속의 아기를 돌볼 때는 하루 종일 허리를 구부리고 인큐베이터의 작은 문을 열어 손만 넣은 상태로 처치할 때도 있다.

매일 모든 체력을 소진하고 방전된 채 집으로 향한다. 하지만 모든 아기들은 작고 귀엽고 사랑스럽다. 그래서 내 수고스러움이 아깝지 않다.

○○이뿐만 아니라 신생아집중치료실의 모든 아기가 스스로 호흡하고, 완전한 구강 수유가 가능해져 하루빨리 보호자의 품으로 돌아가는 축복의 날이 오기를 바란다.

그날은 캡틴아메리카 옷을 준비했다

중환자간호팀 소아중환자파트 이수근

환자 가장 가까이에 있는 사람

주변에서 한번씩 왜 간호학과에 진학했는지 물어보는 경우가 있다. 내 장래희망이 처음부터 간호사였던 건 아니다. 어렸을 때부터 감기에 잘 걸린 터라 병원을 자주 다니며 막연히 병원에서 일하는 사람이 되어야지 생각했던 게 전부였다.

고등학생 때 대학교 진학을 앞두고 병원에서 일하는 직업군을 생각했을 때도 간호사는 생각하지 않았다. 물리치료사나 작업, 언어치료사 쪽으로 진학하려고 했다. 그 당시에는 나 역시 '간호사는 여자의 직업'이라는 편견을 가지고 있었다.

그러다 우연한 기회에 간호학과 진학을 권유받았다. 그래서 알아본 간호사라는 직업은 내가 생각한 의료인의 모습, '환자의 가장 가까이에서 의사소통하며 함께 있어줄 수 있는 모습'과 가장 닮아 있었다. 간호학과에 가야겠다고 결심한 순간이다.

내가 대학 원서를 냈을 때까지만 해도 남자 간호사의 비율이 한 자릿수였다. 주변에서는 물론이고 모르는 택시 기사님마저 "남자가 간호사를 한다고?"라고 말했다. 그래도 간호사라는 직업이 가지는 특성과 짧지만 20년 동안 살아온 나의 성향을 생각했을 때 나와 잘 맞을 것 같았다. 또 아직은 많지 않은 '남자 간호사'가 된다면, 나의 '특별함'을 구축할 수 있을 것 같다는 생각이 들었다. 그렇게 '의료인에 남녀 구분이 어디 있나' 하는 생각을 하면서 간호학도의 길을 걷기 시작했다.

간호학도의 길을 걸으며 처음으로 성별 때문에 신경 쓰이고 고민했던 과목이 있다. 바로 '모성간호학'이었다. 모성간호는 여성 건강을 기본으로 임신과 태아의 발달, 출산, 여성질환과 관련한 간호를 배우는 과목이다. 해당 과목 실습에 참여하여 대상자를 접해보니 다른 실습과는 다르게 유방이나 회음부, 월경 등 여성과 관련한 부분이 쉽지 않았다. 성별 탓에 질문도 요청도 어려웠다.

모성간호 실습 때와 마찬가지로 간호사로 소아중환자실에서 일하면서도 비슷한 상황을 겪었다. 한창 사춘기일 10대 여성 청소년을 간호하는 경우가 그랬다. 중환자실에서는 화장실을 이용하지 못하기 때문에 기저귀를 이용할 수밖에 없다. 그래서 아이들이 종종 "여자 선생님 불러주시면 안 되요?"라고 물어본다. 한번은 십대 여성 청소년 환아가 있는 침상에 내가 배정되었지만, 그러한 사정을 고려해 담당 침상을 변경하기도 했다.

반면, 남성 청소년 환아의 경우에는 '아직까지는' 병동에서 내가 유일한 남자 간호사니까, 필요하거나 불편한 부분이 있으면 나한테 다 얘기하라고 한다. 동성이니까 편하게 그리고 자신감 있게 다가갈 수 있기 때문이다. 이런 면도 있고 저런 면도 있으니, 성별적인 부분은 감내해야 하지 않을까 생각한다.

한번은 이런 일이 있었다. 일을 마치고 다 녹은 음료수를 마시는 내 모습을 어느 분이 보았는지 이런 말을 했다. "끼니 제때 못 챙겨서 어떻게 해요, 그래도 사람 살리는 일을 하시니까 대단하셔요." 그 말을 들으니 일이 힘들어도 알아주는 사람이 있구나 싶어 감사하고 힘이 났다.

3교대 근무로 일하면서 지치고 어려울 때도 있지만, 어느덧 병원에 입사한 지 4년 차가 되어간다. 나는 지금 간호사로서의 삶이 만족스럽다. 처음 간호학과를 선택했던 이유였던, 환자 옆에서 그들의 이야기를 제일 먼저 들어주고, 그들에게 무엇인가를 해줄 수 있고, 힘이 되어줄 수 있다는 점에서 만족스럽다. 무엇보다 생명을 살리는 일을 한다는 점에서 스스로 뿌듯하고 감사함을 느낀다.

캡틴아메리카

집을 나서기 전, 늘 날씨를 확인하는 습관이 있다. 그날은 맑지만 중간중간 비 소식이 있는 2019년 12월의 어느 날이었다. 데이 출근길 하늘에는 해가 아직 뜨지 않았고 구름도 없었다.

병원에 도착해 탈의실에서 옷 갈아입고 병동으로 갔다. 내가 담당해야 할 침상을 확인했다. 중환자실은 당일 중증 정도에 따라 배정받는 침상이 달라진다. 그날 나는 1번과 10번 방이었다.

'엊그제 5, 6, 7번 침상을 봤는데 1, 10번 침상이라니, 튕겼네.'

그런데 침상에 가보니, 7번 침상에 있던 환아가 10번으로 이동해 있었다.

'아, 이래서 이렇게 배정을 한 건가….'

7번 침상에 있던 선우(가명)는 얼마 전 뇌사 판정을 받았다. 그날은 연명치료 중단이 예정된 날이었다. 사실 출근하면서도 아직 입사 연도가 낮은 내가 설마 '임종간호'를 하겠나 싶었다. 그런데 그 담당 간호사로 내가 배정된 것이다.

연명치료 중단 예정 시간은 오전 10시 30분이었다. 환자 사정(환자의 전반적인 상태 확인)부터 투약, 회진 등 오전 업무를 수행하다 보니 어느덧 시곗바늘이 10시를 가리키고 있었다.

보호자 면회가 시작됐다. 가족들은 아이를 쓰다듬으며 함께 보냈던 추억, 아이가 좋아했던 이야기, 아이를 얼마나 사랑하는지, 함께해서 얼마나 행복했는지를 아이가 들을 수 있게 계속 이야기했다. 그렇게 계획된 시간이 다가오며 주 진료과 담당 교수와 담당 전공의, 소아중환자실 전담팀과 소아완화의료팀, 병동 파트장이 왔다. 소아완화의료팀 교수가 이야기를 시작했다.

"어머님, 아버님 이제 아이에게 더 해주고 싶으신 말씀 있으시면 해주세요."

"… 사랑해."

그 말을 끝으로 완화의료팀과 함께 침상에서 한 걸음 물러났다. 그리고 주 진료과 담당 교수가 말했다.

"익스투베이션extubation(인공기도관 발관) 진행하겠습니다."

담당 교수와 전공의가 인공기도관을 발관했다.

"어머니, 아기 편하게 안아주세요."

그렇게 몇 달 만에 아이가 엄마 품에 안겼다. 모니터 알람 소리와 아이 가족들의 울음소리밖에 들리지 않았다.

"선우는 엄마랑 평생 같이 있고 싶다고 어른이 되기 싫다고 했는데, 그 소원을 이루었네. 평생 엄마 옆에 어린이로 남아 있을 수 있어. 엄마의 기억 속에 언제나 선우는 이 모습 그대로 일 거야…. 선우 캡틴아메리카 좋아했잖아. 그래서 엄마 옆에서 엄마 지켜준다고 했는데, 이제 하늘에서 엄마 지켜주겠네. 엄마는 항상 선우를 기억하고 사랑할거야. 하늘에서 엄마 잘 지켜줘, 잘 지내는지 봐줘…. 선우야 엄마의 아들로 태어나 줘서 고마워, 다음 생이란 게 있으면 다음에도 엄마 아들로 태어나서 엄마랑 더 즐겁고 행복하게 놀자. 사랑해."

환아의 심전도가 점점 직선으로 바뀌고 숫자는 한 자리를 보이고 있었다.

"이제 아기한테 마지막 이야기를 해주세요."

"선우가 엄마한테 와줘서 엄마는 너무 좋았어. 행복했어. 사랑하고, 사랑하고, 평생 사랑할게."

"김선우 님 12월 ○○일 10시 52분 사망하셨습니다."

담당 교수가 사망 시간을 이야기했다. 병실에는 울음소리만 남아 있었다.

소아중환자실은 환아가 사망했을 때 병원복이 아닌 평소 아이가 좋아하던 혹은 가족이 입혀주고 싶은 옷을 입힐 수 있다. 아이 부모는 아이가 좋아한 캡틴아메리카 옷과 방패를 준비했다. 그 옷을 입히니 선우가 그냥 자고 있는 듯했다. 자고 일어나 "엄마!" 부를 것 같아 마음이 더 아팠다.

곧이어 운구 침상이 도착했다. 선우는 하얀색 시트에 얼굴을 가렸다. 그리곤 선우와 함께 중환자실 밖으로 나갔다. 나가면서 무심코 바라본 1번 침상 밖 창가에서는 언제 시작되었을지 모를 비가 창문을 적시고 있었다.

그날의 풍경, 소아중환자실

사람은 태어나면 인생을 살다가 죽음의 단계에 이른다. 사람이라면 겪는 당연한 과정이기는 하지만 죽음은 언제나 슬프고 안타깝다. 그중에서도 소아 사망은 이론적으로만 배웠지 생각해보지 못한 부분이었다. 임상에서 직접 겪고 보니 성인의 죽음과는 다른 슬픔과 안타까움이 있었다.

세브란스 소아중환자실에서는 소아암 환아가 임종하는 경우가 많다. 한창 부모의 손길을 받거나 친구들과 하하호호 이야기하며 지내야 하는데, 함께 이야기 나눌 사람도 없이 중환자실에서 병마와 싸우고 있는 환아들을 볼 때면 마음 한편이 쓰리다.

소아중환자실은 보호자가 포대기에 싸서 안아줘야 할 것 같은

1개월 아기부터 곧 성인이 될 만 18세 미만의 청소년까지 다양한 연령대의 환아가 입실한다. 병원에서는 진료과를 크게 내과/외과/소아과로 구분하여 이야기하곤 한다. 그런 만큼 소아중환자실에는 소아호흡기알레르기과를 주축으로 소아신경과, 소아외과, 소아혈액종양과 등 여러 소아 진료과의 아이들이 모인다. 이들 중 대부분은 호흡이 힘들어 인공호흡기 치료를 받기 위해 입실한다.

나이만 다를 뿐 소아중환자실은 성인중환자실과 크게 다르지 않다. 다만, 소아중환자실만의 '귀여운' 문화가 있다. 아이들은 가족과 떨어져 치료를 받고 생활 속에서 받는 성장에 필요한 자극을 상대적으로 받기 어렵다. 그래서 가족이 요청한 노래나 목소리 녹음 파일을 틀어주거나 동요, 자장가, 백색소음 등으로 아이들에게 청각적인 자극을 주고, 모빌이나 초점책, 인형, 장난감 등을 침상에 두어 시각적인 자극도 준다.

알록달록한 그 풍경이 조금은 어린이집과 닮아 있다. 온통 하얀색이고 기계 알람 소리가 대부분인 중환자실이지만, 소아중환자실 어딘가에서는 모빌이 돌아가고 동요나 자장가가 흘러나온다. 무의식적으로 그 노래를 조용히 흥얼거리는 나 자신을 발견했을 때, '아, 내가 소아중환자실 간호사로서 적응을 잘하고 있구나' 하며 스스로 놀랄 때가 있다.

또 소아중환자실에는 간호사로 구성된 고객만족위원회팀이 가렌드, 풍선, 기저귀케이크, 축하 문구 등을 침상에 준비해 평생에 한 번 있는 백일이나 첫돌을 진료팀과 간호팀이 함께 축하하는 특별한 문화도 있다.

힘든 날

2021년의 어느 날이었다. 데이 출근이었다. 간이식 예정 환자와 에크모ECMO(체외막산소공급. 일시적으로 체외순환을 시행하여 호흡을 보조하는 장치)에 지속적신대체요법CRRT(24시간 연속으로 투석을 진행하는 방법) 상태의 환자 두 명을 담당하는 간호사로 내가 배정됐다.

간이식 예정 환자에게 응급으로 오후에 간이식을 진행하게 됐다. 길게는 며칠에 걸쳐 해야 할 모든 검사와 처치가 간이식 전에 급하게 진행됐다. 처방뿐 아니라 이곳저곳에서 수많은 연락을 받는 상황이었다. 그야말로 아수라장이었다. 그 와중에 담당 환자가 한 명이 아니다 보니 담당 환자의 기본적인 활력징후부터 투약, 치료 계획에 맞는 간호를 해야 해서, 정말 몸이 하나만 더 있었으면 좋겠다는 생각이 들 정도였다. 아무튼 간호기록은 손도 대지 못하고 겨우 액팅(환자에게 직접 시행하는 간호)만 하고는 업무를 인계했다.

업무가 끝나고 최종으로 CRRT 환자의 섭취량/배설량 부분을 확인할 때 오류를 발견했다. 곧장 섭취량/배설량의 결과값이 예상 값과 차이가 난다고 진료팀에 알렸다.

담당 전공의가 나에게 근무시간 동안 무슨 일을 하셨냐면서 공격적으로 따져 물었다. 평소에는 그냥 넘길 수 있었겠지만 그런 날 그런 이야기를 들으니 기분은 말할 것도 없고, 감정적으로 쓸 힘조차 없었다.

오류 부분을 놓친 것은 환자를 담당하는 전공의와 그의 처방에 맞게 수행하는 간호사 서로의 잘못이다. 오류 부분은 진료 계획에 맞추어 남은 시간 동안 조정할 수 있는 데다, 옆에서 나의 다른 담당 환자의 상황을 지켜봤으면서도 그렇게 얘기하다니…. 그냥 사람이 싫어졌다. 게다가 그런 소리를 듣고도 나는 뭐라 대꾸할 힘조차 없었고, 다음 근무 간호사에게 업무 인계를 마저 해야 하는 상황이라 그저 침묵으로 넘길 수밖에 없었다.

퇴근하면서 나 자신이 바보 같다고 생각했다. 업무적으로도 정신적으로 힘든 날이어서 아직까지 그날이 기억에 남는다. 아마 간호사 인생에서 잊지 못할 날 가운데 하나가 아닐까.

뚜껑 열리는 직업병

간호사로서 그리고 소아중환자실 소속으로서 힘든 일은 정말 셀 수 없이 많다. 먼저 많은 간호사가 느끼는 부분이지만, 처방이나 처치가 시간 단위 상황이 좋지 않으면 분 단위로 이루어지기 때문에 밥은 고사하고 화장실도 못 가거나 몇 시간 동안 앉지도 못하는 경우도 있다.

나는 걱정이 많은 사람이라, '내가 없을 때 무슨 상황이 발생하면 어떻게 하지?'라는 생각 때문에 병동 밖에 있는 남자 화장실까지 종종걸음으로 뛰어다닌다. 밥도 거의 마시다시피 빨리 먹는 편이다. 아무래도 담당 환자를 내가 직접 보아야 마음이 놓이기 때문이다.

그래서 그런지 일을 시작하면서 '가능하면'이라는 말을 많이 떠올린다. 가능하면 최대한 앉을 수 있을 때 앉아서 일을 처리하고, 밥도 가능할 때 빨리 먹고, 생리현상도 가능하면 빨리 해결해야지 하고 생각한다.

이런 생각은 일상생활에도 이어진다. 대중교통을 이용할 때나 음식 포장을 기다릴 때면 가능하면 최대한 앉아 무엇이라도 하려고 한다. 어느덧 나는 뭔가 할 수 있는 조금의 틈이 생겼을 때 이를 활용하려고 하는 사람이 되어 있었다. 이런 걸 보면 간호사 직업병이 생긴 게 아닐까 싶다.

말이 나온 김에, 간호사의 직업병이라고 한다면 아무래도 손씻기와 관련된 부분을 들 수 있다. 손 위생에 신경을 많이 쓰다 보니 어디를 가서 손을 씻을 때면 무조건 '손씻기 프로토콜'에 따르는 편이다. 몸에 배어서 그런지 그렇게 씻지 않으면 뭔가 덜 씻은 느낌이 든다.

또 뚜껑을 무조건 뒤집어서 놓는다. 기본간호학 때 배우지만, 무엇인가를 덮고 있는 뚜껑이 덮여 있던 모양대로 바닥에 닿으면 오염된다. 그래서 뚜껑을 뒤집어 놓아야 한다고 배운다. 멸균 영역을 유지하기 위해 뚜껑을 무조건 뒤집어 놓다 보니, 컵 뚜껑, 반찬 뚜껑, 음료수 뚜껑 등 온갖 뚜껑을 뒤집어 놓는다. 특히 냄비 뚜껑도 무조건 뒤집는데, 막 끓어서 뜨거운 냄비 뚜껑은 뒤집어 놓기에 번거롭지만, 굳이 뒤집어서 놓아야 마음이 놓인다. 혼자만의 직업병도 생긴 걸 보면, 그렇게 나도 간호사가 되어가고 있나 보다.

경상도 상남자 꼬맹이

나는 병동에 있는 초등학생 정도까지의 아이들을 '꼬맹이'라고 통칭한다. 그 말이 귀엽기도 하고, 아프다는 뜻이 담긴 '환아'라는 호칭보다 더 나은 듯하다.

우리 병동에 오는 수많은 꼬맹이 가운데 태어나자마자 바로 신생아중환자실에 있다가 소아중환자실로 오는 꼬맹이들도 있다.

그중에서도 소아중환자실에서 몇 달 동안 위험한 상황을 많이 넘기며 큰 수술도 많이 받아 오랫동안 병동에 머문 꼬맹이들이 기억에 많이 남는다.

그런 꼬맹이들이 병동으로 가고, 병원 밖에서 생활도 하다가 한 번씩 검사를 받으러 소아중환자실로 다시 오는데, 그럴 때마다 손바닥만 했던 아기가 이렇게 커서 오다니 하면서 놀란다. 이전보다 활발하고 자기주장도 하는 모습이 대견하게도 느껴진다.

파트장은 그런 꼬맹이들을 볼 때 한 번씩 "기적"이라고 표현한다. 그 말 그대로 그 아기들이 조금씩 성장해나가는 모습을 볼 때마다 '이런 게 기적이구나' 하는 점을 깨닫는다.

유달리 기억에 남는 꼬맹이가 하나 있다. 이름은 정확히 기억 나지 않지만, 대여섯 살 된 경상도 남자아이였다. 병동에 오래 있지는 않았는데, 신장에 문제가 생겨 CRRT를 적용해야 했다. 보통 기계 적용이 어려운 경우에는 환아를 재우면서 치료한다. 그 꼬맹이는 치료에도 잘 협조해서 재우지 않고 치료하는 친구였다. 하지만 아무래도 아직 어리다 보니 혼자 밥 먹는 게 어려워 내가 반찬도 쪼개서 올려주고 숟가락질도 도왔다.

아이는 그 나이에도 '경상도 남자'라는 '자부심'이 있었다. 사투리를 쓰면서 경상도 특유의 남성성을 이야기하곤 했다. 그 모습이 너무 귀여워 같은 남자로서 동의하면서 "최고라고, 지금 병동에서 너가 제일 세다"고 나름대로 남자 대 남자로 칭찬해주기도 했다.

아이는 그게 좋았는지, 다른 선생님이랑 이야기 나누는 중에 나를 가리키며 저 남자 선생님이 제일 좋다고 이야기하는 게 아닌가. 옆 침상에서 다른 아이를 간호하던 나는 그 말을 못 들은 척했다. 그런데 그날 나는 누구보다도 행복하게 일했다.

당시 입사 1년이 채 되지 않은 내가 처음으로 '환자'에게 인정을 받은 날이라 그런가, 그날이 내 머릿속 한 페이지에 진하게 그려져 있다.

꼬맹이는 며칠 동안 치료를 다 받고 엄마 품으로 돌아갔다. 해맑게 웃으면서 엄마한테 가는 그 아이의 모습은 평생 잊히지 않을 것 같다.

간호사라서 다행이야

성취감 혹은 만족감은 나에게 중요한 부분이다. 주어진 근무 시간 동안 주어진 일을 완수하고, 환자 상태뿐만 아니라 전산 등도 가능하면 깔끔하게 인계하고 병동을 나온다. 그러면 '끝났다. 고생했다'라는 성취감이 들어서일까? 귀여운 것을 좋아해서 꼬맹이들을 보러 가는 만족감이 들어서일까? 정확한 감정은 모르겠지만 아직까지는 소아 중환자실의 간호사로 일하는 것이 재미있다.

모든 사람은 자신이 한 일에 대해 인정받기를 원한다. 그건 나도 마찬가지다. 간호사는 근무 시간에 환자들의 A부터 Z까지 상태를 알고 있어야 한다. 가장 가까이에서 환자를 대하는 사람으로서 증상 발현이나 상태 변화에 대해 빠르게 확인하고, 그에 따른 처방이 이루어질 수 있도록 노력해야 한다. 나는 한 사람의 의료인으로서 치료 계획에 맞게 업무를 수행하며 환자를 위해 노력하는 간호사로 인정받고 싶다.

그런데 아직까지 한국 사회에서는 간호사에 대한 인식이 부정적인 듯하다. 그건 내 주변 사람들의 이야기만 들어도 알 수 있었다. 간호사로서 일을 하면서 직업적인 고충이나 힘든 점 등을 이야기하면, 주변에서는 '약만 주고 잠깐 얼굴을 비치고 가는 사람', '스테이션에 앉아서 컴퓨터만 하는 사람', '의사의 업무 보조만 하면 되는 사람'인 줄로 안다. 간호사 업무가 그렇게 많은지 몰랐다는 말이 대부분이다.

또 밤 근무 동안에는 돌아가면서 수면하지 않느냐, 밥을 왜 못 챙겨 먹느냐, 화장실 갈 시간이 정말 없느냐, 심한 경우에는 싸가지 없는 간호사가 왜 이렇게 많으냐 같은 질문을 받기도 한다. 이런 질문이나 이야기를 들으면 흔히 말하는 '현자 타임'을 겪기도 한다.

미디어에서는 보통 병원 생활을 조명할 때 의사 입장에서 의사의 눈으로 병원을 비춘다. 그래서 의사가 하는 일에 대해서는 부분적일지라도 어느 정도는 사회적으로 인식되어 있다. 그런데 간호사의 병원 생활에 대한 이야기를 보면, 대부분 부수적으로 나오거나 아예 취급되지 않는 경우가 많다.

2021년 시즌2가 끝난 한 의학 드라마에서는 의사의 보조 업무를 수행하는 간호사의 모습이 아닌 다른 모습의 간호사를 보여주었다. 주인공 중 한 명인 소아과 의사와 관련된 에피소드에서 신생아중환자실에 대한 이야기가 나오는 회차가 있다.

드라마에서는 신생아중환자실(니큐NICU) 간호사들이 손목 보호대를 하고 어깨에 파스를 붙이고 신생아 환아를 안고 간호한다. 잠시 후 보호자 면회가 시작되자, 자기 아기는 왜 안아주지 않느냐는 보호자와 간호사의 이야기가 짧게 나온다.

그 장면을 보면서, 간호사로서 일하는 나는 간호사의 심정이 표정으로도 충분히 전해지는 느낌을 받았다. 이어서 수술을 마친 아기와 관련하여 의사와 보호자가 면담을 하다가, 퇴원이 가능하다는 말에 보호자는 의사에게 감사 인사를 한다. 그러자 의사가 이렇게 말한다.

"사실 전 수술하고 하루에 한두 번 잠깐 5분 정도 보는 게 다였어요. 나머지 23시간 55분은 니큐 간호사 분들이 시온이 봐주셨어요. 시온이 잘 회복되고 입으로 먹을 수 있게 된 것도 90퍼센트 이상은 우리 간호사 분들 덕분입니다. 감사 인사를 하신다면 그분들에게 하시는 게 맞을 것 같아요."

다음 장면에서 니큐에는 도시락 하나가 준비되어 있었다. 그리고 그 속에는 편지가 있었다.

"늘 고생하시는 신생아중환자실 간호사 선생님들, 엄마보다 더 엄마처럼 우리 시온이 돌봐주신 덕분에 시온이 이제 입으로 우유도 잘 먹고, 살도 많이 쪄서 건강하게 퇴원하게 됐어요. 많이 힘드셨을 텐데 긴 시간 동안 시온이의 가장 친한 친구이자 따스한 엄마가 되어주셔서 감사합니다. 정말 고생 많으셨습니다. 잊지 않겠습니다. 사랑합니다. 선생님."

나는 출근하면서 이 회차를 보았다. 미디어에서 간호사로서 인정받은 느낌을 많이 받아 지하철에서 훌쩍거리고 말았다.

소아중환자실에서 근무하며 병동으로 가게 된 친구들의 부모님들이 감사하다는 내용의 편지를 의료진에게 보내주실 때가 있다. 편지를 찬찬히 읽다 보면, 그 친구를 간호할 때의 모습이 오버랩되며 이런 생각이 든다.

'간호사라는 직업이 전보다는 조금씩 인정받고 있구나. 간호사로 일할 수 있어 행복하고 감사하다.'

병실에서 콜벨이 울렸다

외래간호팀 박상곤

새끼 독수리처럼

2016년 가을, 세브란스병원에 입사한 나는 신경외과와 류마티스 및 내분비내과 병동 간호사로서 첫발을 뗐다. 당시 파트장(수간호사) 선생님이 한창 일하고 있는 선생님들에게 나를 소개했다.

"이번에 새로 발령받은 간호사예요. 남자 간호사는 우리 병동에 처음이네요."

순간 이목이 집중되었다. 남자 간호사는 처음이라 신기함 반에 안타까움(?) 반인 듯한 시선으로 모두 나를 바라보았다. 곧이어 두 달간 나에게 병동 업무를 가르칠 프리셉터 선생님들이 배정됐다.

프리셉터 선생님들은 20년 이상 근무한 베테랑들로 환자와 보호자의 표정, 말투, 몸짓만 봐도 그들이 무엇을 원하는지 알아보는 수준의 숙련된 간호사들이었다.

콜벨(호출벨)이 울리고 전화가 동시에 여러 곳에서 울렸다. 스테이션 앞에 ○○호 환자가 나와 있었다. 옆에는 다른 보호자가 진통제를 달라고 했다. 그 순간 ○○호 환자의 검사가 어떻게 되었냐며 주치의가 물었다. 환자, 보호자, 의사의 요청이 나에게 동시다발적으로 쏟아진 것이다. 이 상황을 어떻게 처리해야 할지 정신이 없었다. 말 그대로 '아비규환'이랄까.

프리셉터 선생님은 침착하게 우선순위에 따라 하나씩 문제를 해결했다. 처음 알을 깨고 나온 햇병아리 같은 나에게 프리셉터 선생님은 마치 거인과 같았다. 깔끔하고 정교한 간호 술기(기술), 응급상황에 침착한 대응, 환자와 보호자의 갖가지 컴플레인에도 똑부러지고 심지어 친절하기까지 한 모습을 보고 있자니 존경심마저 들었다. 프리셉터 선생님들은 한 치의 빈틈도 없어 보였다.

그 시절의 나는 간호 술기 하나조차 제대로 하지 못했다. 일반인이 봐도 보일 정도의 큰 혈관에 정맥주사를 놓는 것조차 실패하곤 했다.

"선생님, 혈관을 위아래로 단단히 고정하셔야죠. 혈관이 이리저리 움직이잖아요."

놓친 부분을 일러주었는데도 내가 실패하자 결국 프리셉터 선생님이 직접 주사를 놓았다.

"선생님. 기본적인 정맥주사조차 어려워하는데 두 달 뒤에 어떻게 여러 명의 환자를 담당하시겠어요? 환자는 간호사의 경력을 감안해서 아픈 분들이 아니에요. 간호사 근무복을 입고 있는 동안은 선생님이 환자의 모든 것을 책임지고 간호할 수 있어야 해요."

여러 훈육 방법 중에 '독수리의 훈육 방법'이 있다. 어미 독수리는 나는 법을 모르는 독수리 새끼들을 쪼아 둥지 밖으로 떨어뜨린다. 아직 나는 법을 모르는 새끼 독수리는 어설픈 날갯짓을 계속하지만, 결국은 아래로 곤두박질치게 된다. 새끼 독수리가 바닥에 떨어지려는 찰나, 공중을 선회하던 어미 독수리가 큰 날개를 펴서 땅에 닿기 직전의 새끼를 자신의 날개로 받아낸다. 어미 독수리가 그런 과정을 반복하는 사이에 새끼 독수리는 날개를 퍼덕거리면서 자연스럽게 나는 법을 배운다.

프리셉터 선생님의 말은 마치 어미 독수리처럼 이제 막 날갯짓을 하려는 새끼 독수리인 '나'에게 하는 진심 어린 충고 같았다. '책임'이라는 말을 듣는 순간 머리를 한 대 맞은 기분이었다. 그랬다. 환자는 내가 신규 간호사이든 남자 간호사이든 똑같은 간호사라고 생각할 뿐이었다. 환자는 나의 미숙함을 감안해주지 않는다. 그 뒤로 프리셉터 선생님이 어떤 문제를 맞닥뜨렸을 때 해결해나가는 과정을 고스란히 나의 경험치로 옮겨 담는 과정을 거쳤다.

'환자가 수술에 들어가기 전에는 환자 차트를 확인하고, 수술 전 검사를 확인해야 해.' '수술 후에는 수술 부위의 상처가 잘 낫고 있는지, 환자의 의식 상태 변화는 없는지, 혈압과 맥박 등 활력징후가 정상적으로 유지되는지 등을 더 주의 깊게 봐야 하는구나.' '내분비내과 검사를 위해 검체를 채혈할 땐 이런 걸 주의해야 하는구나.' '류마티스내과 환자에게 고용량 스테로이드와 항암제를 투약할 땐 이런 과정을 거치는구나.'

나는 그 어떤 신규 간호사보다 류마티스와 내분비질환을 가진 환자를 최선을 다해 간호했다. 신경외과에서도 뇌종양, 뇌 정위기능, 뇌혈관, 척추를 수술한 환자들을 간호했다.

내과 환자와 외과 환자가 혼재되어 있는 병동에서 환자를 담당한다는 것이 간호사에게는 꽤 부담스럽다. 단일 과의 환자가 입원하는 경우에는 해당 과의 특성을 집중적으로 알면된다. 반면 내외과 환자가 뒤섞여 입원하면 그만큼 간호사는 해당 수술과 검사, 약에 대한 정보를 폭 넓게 꿰뚫고 있어야 한다.

신경외과 환자만 간호하기에도 당시 신규 간호사인 나에게는 엄청난 부담이었다. 거기에 내분비내과와 류마티스내과 환자를 담당하다 보니 지치기도 했다. 하지만 오히려 내과 환자도 간호할 수 있다는 배움의 기회로 생각하고 전력을 다해·밤낮으로 공부했었다.

'오늘 수술 환자가 다섯 명이나 있네.'

'늘 항암 환자 두 명에 수술 환자 세 명이 있구나.'

신규 간호사 시절, 제시간에 수술 환자를 받지 못해 다음 근무자에게 환자를 넘기고, 각종 검사와 항암제 투여를 제때 하지 못할 때마다 선배들의 불호령이 떨어지곤 했었다.

그게 이미 옛날이야기가 된 것이다. 만 1년간 신경외과와 류마티스 및 내분비내과 병동에서 좌충우돌하는 사이, 미숙했던 나에게 불호령을 내렸던 베테랑 선생님들이 인정할 만큼 나는 성장해 있었다. '과연 남자 간호사가 내외과 환자를 함께 간호해야 하는 병동에 적응할 수 있을까' 하는 우려를 실력으로 불식해 보였고, 남녀 상관없이 진료과 구분 없이 한 사람의 간호사로서 환자를 돌볼 수 있다는 사실을 증명했다.

그래서인지 병동에 남자 간호사가 하나둘씩 늘더니 지금은 여러 명의 남자 간호사가 투박해 보이지만 때로는 그들만의 섬세한 간호로 각자 역할을 해내고 있다.

프리셉티에서 프리셉터로

'프리셉터'의 정의를 찾아보았다. 프리셉터란 신입 간호사의 오리엔테이션 기간 동안 신입 간호사와 일 대 일로 짝을 이루어 책임지고 신입 간호사에게 임상간호를 학습시켜줄 선택되어진 동료 간호사를 의미한다.* 임상에서 최소 2년 이상, 해당 병동에서 1년 이상 근무한 경력자로 프리셉터 과정을 이수해야 프리셉터가 될 수 있다.

프리셉터 선생님들이 일을 척척 해결할 수 있었던 건 간호사가 천성이어서 그런 게 아니었다. 그만큼 수많은 어려운 상황과 고단했던 경험에 자신을 노출해온 과정이 있었기 때문이다.

소위 '날아다니는 간호사'가 되기 위해서는 "와… 저 선생님 정말 일 잘한다. 최고네!"라는 감탄에서 그치지 말아야 한다. 한 걸음 한 걸음 경험을 내 것으로 쌓아가는 과정이 필요하다. 하루하루는 티가 나지 않을지라도 3개월, 6개월 지나 1년이 쌓이면 그동안의 경험이 고스란히 자신감이 되었다. 자신감은 당당한 몸짓과 표정으로 드러났다. 날아다니는 간호사의 비밀이 어떻게 보면 매우 단순할지도 모르겠다.

....

* Bellinger, 1992, Clayton 등; 1989.

병동에서 5년 정도 지나면 정맥주사 같은 간호 술기나 수술 환자 간호와 항암제 투여는 더 이상 어렵거나 두려운 업무가 아니다.

"○○ 님, 며칠 전보다 더 야위신 거 같아요. 입맛에 맞는 음식을 조금씩이라도 드셔요."

"○○ 님, 오늘은 표정이 좋아 보이시네요?"

"○○ 님, 그동안 항암치료 많이 힘드셨죠. 이번 주기는 끝났으니까 힘내세요."

정맥주사 놓기에만 급급하고 토니켓(사지에 압력을 주어 혈액의 흐름을 조절하는 도구)이나 알코올솜 같은 물품을 하나씩은 꼭 빠뜨려서 스테이션을 왔다 갔다 하던 신규 간호사 시절의 내가, 이제는 정맥주사를 놓으면서 환자에게 '작은' 말을 건네곤 한다.

별거 아니라 생각한 말들이 환자에게는 큰 힘이 되었는지, 환자들은 퇴원하면서 나에게 감사하다고 표현하기도 한다. 내가 눈 맞추고 미소 지으며 건네는 애정 어린 말이 당신들에게 큰 위로가 된다고 했다.

환자를 보며 신체적인 간호뿐만 아니라 그들의 정신적인 간호를 작은 말로 실천할 수 있다는 점을 배웠다.

생각해보자. 건강하게 사회생활을 하다가 어느 순간 '뇌종양'을 진단받고 두개골을 열고 큰 수술을 해야 한다는 소식은 환자의 일생에 있어 '생과 사'가 달린 엄청난 사건일 것이다. 환자는 표현하지는 않지만 두렵고 무서운 감정에 압도된다.

이런 환자에게는 제공하는 간호 '스킬'도 중요하지만, 그것이 간호의 전부가 아니다. 치료 과정을 두려워하는 환자의 마음을 들여다보고 치유와 회복의 여정에 함께하고 있음을 작은 말로 위로해 줄 수 있다는 사실을 배웠다. 큰 수술을 받은 후에 환자들이 내 간호를 받고 행복한 모습으로 퇴원하는 모습을 보면 '간호사 하길 잘했다'며 말로 표현할 수 없는 보람을 느낀다.

그 뒤로는 어떤 말을 환자에게 하면 좋을까 '고민'하는 날들이 쌓였다. 그리고 어느덧 나는 후배인 '프리셉티'를 가르치는 '프리셉터'가 되어 있었다.

고군분투의 나날

간호사마다 각자 임상에서 잊으려야 결코 잊을 수 없는 순간들이 있다. 대부분 힘든 날들이었을 것이다. 병실에 라운딩을 가자마자 CPR(심폐소생술)을 했던 순간. CPR을 하고 있는데 옆 병실에서 또 다른 환자에게 CPR을 했던 날. 처치실이 부족해 간호사 스테이션에까지 중환자를 두고 간호했던 날….

어느 날이었다. 경증 환자들이 모두 퇴원했다. 병동 중증도가 갑자기 높아졌다.

뇌종양으로 항암방사선치료를 받은 후 요양병원에 머물던 환자가 갑자기 의식이 저하돼 입원했다. 스투퍼 멘탈 스테이터스stupor mental status(의식 수준이 혼미한 상태)에 상하지 근력 모두 그레이드 grade 0(근력이 모두 소실되어 자발적인 움직임이 전혀 없는 상태)이었다. 혈액, 소변, 심전도, 뇌 CT 등 환자 상태를 파악하기 위해 온갖 검사를 했다. 결과가 좋지 않았다. 검사 결과를 주치의에게 알렸다. 주치의는 환자의 상태를 면밀히 파악하고 치료 계획을 세우기 위해 뇌혈관 MRI 검사도 추가로 처방을 냈다. 환자가 의식이 없어 보호자에게 검사의 필요성을 설명하고 검사실과 일정을 조율하느라 이리저리 뛰어다녔다.

그런 와중에 60대 여성이 중환자실에서 뇌종양 수술을 받고 중환자실에서 병동으로 왔다. 환자는 수술 후 섬망(정신이 혼미해지고 주변 환경을 잘 파악하지 못하며 정서가 불안정해지는 상태) 때문인지 멀리 엘리베이터가 도착한 순간부터 병실까지 오는 내내 소리를 지르며 주삿바늘이며, 배액관, 엘튜브L-tube(코를 통해 넣어 위까지 도달하는 관), 산소줄을 제거하려 했다. 옆에 있던 보호자가 보고는 "여기 좀 도와주세요!" 고래고래 소리를 지르며 달려왔다. 섬망으로 인한 현상이지만 보호자는 난생 처음 보는 환자의 모습이기에 매우 당황했을 것이다.

또 다른 환자는 폐암 말기로 고압산소치료기로 산소를 공급받고 있었지만, 이미 양쪽 폐가 모두 망가져 고용량의 산소를 아무리 주입해도 받아들이지 못하는 상태였다. 정신이 또렷하지만 숨을 쉴 수 없는 상태. 과연 상상이 가는가? 깊은 물에 빠져 폐에 물이 가득 차 올라, 숨을 쉬어도 폐에 찬 물 탓에 호흡을 할 수 없는 상황과 같다. 상상만 해도 끔찍할 것이다. 환자는 그 고통 속에서 몸부림치고 있었다. 환자는 숨이 쉬어지지 않는다며 안절부절못했고 산소포화도 모니터에서는 연신 알람이 울렸다.

갑자기 동시다발적으로 일어난 상황이라 아무리 숙련된 간호사라 한들 몸이 하나이기 때문에 우선순위에 따라 하나씩 문제를 해결해나가는 수밖에 없었다. 모두 간호사의 손길이 절실히 필요한 환자들이었다. 한치의 오차도 허용하지 않는다. 적시에 백발백중 알맞은 간호를 제공해야 한다. 아무리 힘들어도 1분 1초도 손발을 멈출 수 없는 상황이었다. 동시에 환자들의 플랜을 머릿속에 로드맵을 그려놓고 계획한 대로 실행하기 위해 끊임없이 두뇌를 회전해야 한다.

그 순간 옆 병동에서 보호자가 다급하게 뛰쳐나왔다. 환자가 이상하다고 했다. 심상치 않아 보였다. 별일이 아니더라도 보호자가 요청하면 직접 가서 환자를 보아야 하는 것이 간호사의 역할이자 의무이다.

병실에 갔더니 모니터상에는 활력징후가 혈압도 101/61, 심박수 102, 산소포화도 89퍼센트였다. 의식이 명료한 환자였는데 환자가 자는 듯하여 멘탈mental 사정(의식 수준 관찰)을 하며 동공을 봤다. 환자의 동공이 열려 있었다. 그 순간 응급상황임을 직감했다.

다시 활력징후를 측정하려고 모니터 버튼을 누르려는 순간 심전도상 파동이 갑자기 늘어지더니 산소포화도가 80, 60, 50으로 뚝뚝 떨어지는 것이 아닌가! 다급하게 경동맥과 대퇴동맥을 잡았다. 맥박이 느껴지지 않아 나는 주저 없이 콜벨을 눌렀다. "코드블루(심정지 상황) 방송해주시고, 이카트E-cart(응급카트)와 디피브D-fib(제세동기) 준비해주세요!"라고 동료에게 알린 뒤 바로 흉부압박에 들어갔다.

"하나, 둘, 셋, 넷 … 서른."

이내 선배, 후배 할 것 없이 동료들이 응급카트와 제세동기를 가지고 달려왔다. 인턴, 담당 레지던트 등 의사들도 도착했다. 의료진들이 다 함께 모여 전문 소생술을 시작했다.

"인턴 선생님, 선생님은 흉부압박 손 바꿔주세요."

"리듬은 2분마다, 에피Epinephrine는 3분마다 투약해주세요."

"인투베이션Intubation(기도삽관)할게요 ETTendotracheal tube 7.0(기관내 튜브 7밀리미터) 준비해주세요."

"풀랩Full lab(혈액검사와 동맥혈가스 분석) 검사할게요. 오더(처방) 낼게요."

"센트럴캐스Central cath(중심정맥관) 넣을게요. 준비해주세요."

모든 의료진이 합심하여 환자 한 명의 꺼져가는 생명을 살리기 위하여 사력을 다해 전문 소생술을 진행했다. 환자가 의료진들의 마음을 알았을까. 전문 소생술을 시작한 15분 뒤 환자의 맥박이 돌아왔다. 멈췄던 심장이 다시 뛴다는 의미였다. 환자는 자발순환이 회복되어 집중치료를 받기 위해 중환자실로 전실하기로 주치의가 결정했다.

환자를 중환자실로 보내기 위해서는 중환자실 침상을 배정해야 한다. 환자가 사용하던 물품은 물론 경구약을 비롯한 주사약 등 모든 것을 빠짐없이 준비해야 한다. 그 외 수많은 전산 업무를 처리하고 CPR 상황 같은 중대한 이벤트는 한 치의 오차도 없이 정확하게 그 상황을 기록에 남겨야 한다.

또, 가장 중요한 것이 남아 있다. 보호자에게 상황을 설명하는 것이다. 컨디션이 좋지 않았던 환자들이나 겉으로 보기에는 정상인 환자들도 갑자기 심정지 상황이 올 수 있다. 그래서 심폐소생술 상황은 보호자에게 굉장한 충격을 준다. 당황하고 있는 보호자에게 의사의 설명을 충분히 들을 수 있도록 안내하고 부족한 부분이 있으면 간호사가 추가로 설명해 보호자를 안심시키고 나서야 상황이 마무리된다.

그날은 경한 환자들이 모두 퇴원한 자리에 중증도 높은 환자들이 있었다. CPR을 하는 동안 그 환자들이 애타게 나의 손길을 기다리고 있었다. 한 생명을 살리기 위해 이리저리 뛰어다니며 노력한 끝에 일단 '급한 불'은 껐으나, 컴퓨터에 앉아 다른 환자들에게 시행해야 할 업무를 생각하니 숨이 턱 막혔다. 마치 100미터 달리기를 전력을 다해 쉼 없이 두 시간 동안 뛴 기분이었다.

'스테이션에 카트 던져두고 도망가버릴까….'

머릿속에 그 순간 떠오르는 생각이었다. 모든 에너지가 소모되었고, 해야 할 일이 거대한 파도처럼 밀려와 더 이상 감당할 수도, 손쓸 수도 없는 지경이라 의지를 잃고 말았다.

하지만 담당 환자를 두고 도망갈 간호사는 이 세상에 없을 것이다. 다른 환자들도 애타게 간호사의 손길을 기다리고 있었다. 모두 소중한 생명이고 내가 담당하는 환자들이다. 이를 악물고 버텨보자고 다짐했다.

"선생님, 내가 중환자실 전실 환자를 마저 받을 테니 다른 거 하세요."

선배와 동료가 와서 1초도 쉬지 못하고 땀을 뻘뻘 흘리고 있는 나에게 와서 말했다. 동료들도 똑같이 환자를 보고 있지만 내가 중환자들을 보고 있다는 점을 알고 있었다. 앞으로 해야 할 일도 산더미같이 남아 있음을 알기에 한달음에 달려온 것이다. 여러 중환자를 돌보는 일은 아무리 경력자라도 쉽지 않다. 엄청난 양의 업무가 밀물처럼 밀려왔지만 동료들의 도움으로 나는 그날을 무사히 넘길 수 있었다.

"선생님, 그때 기억하세요?"

그때 기억이 가물가물해질 때쯤 선배에게 물었다. 본인에게 각인된 장면 속 함께했던 동료를 찾아 가끔 그 순간을 되새겼다. 머릿속에 새겨진 장면 대부분은 행복한 기억보다는 버겁고 힘들었던 순간들이다. 주로 초를 다투는 위급한 상황들, 자칫 환자에게 큰 위해가 될 수 있는 고비를 무사히 넘긴 것에 스스로 위안하기도 하고 다시는 그런 일이 생기지 않기를 기도했다. 그만큼 모두에게 강력한 기억이기에 서로 이야기하고 곱씹으며 그날의 남은 감정을 정리했다.

어떤 간호사는 그 어떤 응급상황에서든 그저 여러 일 가운데 하나인 듯 담담할 수도 있다. 어떤 간호사는 정신적으로 큰 트라우마로 남아 힘들어하는 경우도 보았다. 별일 아니라는 간호사는 이미 많이 겪어봐서 무뎌진 것일까. 아니라고 생각한다. 감정이 무뎌졌다기보다는 수많은 경험을 통해 더욱 단단해졌다는 표현이 정확할 것이다. 간호사로서 수많은 경험을 쌓으며 성장해왔다는 증거인 셈이다.

연차에 따라, 간호사의 성향에 따라 간호사마다 상황을 다르게 받아들인다. 최선을 다해 간호했지만 환자의 경과가 좋지않을 때 그게 꼭 나의 잘못인 것만 같아 죄책감에 좌절하며 포기하고 싶은 마음도 든다. 그럼에도 간호를 계속해내는 이유 하나는 모두 같을 것이다. 바로 환자를 위해서다. 신규 간호사든 경력 간호사든 환자에게 최선을 다하고 싶은 마음은 같다. 생명을 다루는 일선의 현장에서 환자를 향한 열정은 매한가지다. 오늘 내가 한 간호에 대해 한 점 부끄러움이 없도록 전력을 다할 뿐이다.

'나'를 돌볼 수 있는 간호사

삶과 죽음의 경계에서 간호사는 아슬아슬하게 줄타기하며 일한다. 바람 앞에 등불처럼 질병으로 인해 약해질 대로 약해진 환자가 혹여 잘못될까 마음을 졸인다. 환자에게 삶이 주어진 한, 환자가 편안함과 안위 속에서 살도록 간호사는 정성을 쏟는다. 환자의 삶이 다하는 날이 오면 편안히 보내드리려고, 환자의 존엄한 마지막을 위해 끝까지 노력한다.

아이러니하게도 소위 날아다니는 간호사 대다수는 슬프게도 번아웃에 시달린다. 교대 근무로 체력적으로 지친 상태에서 매일 환자를 위해 고군분투하다 보면 모든 체력과 정신력을 소모하기 마련이다. 임상에서 간호사는 신체적·정신적 소진 상태를 쉽게 겪는다. 간호 경험이 쌓일수록 충만감을 느껴야 하지만 현실은 그렇지 못하다. 경력 간호사에게 더 많은 책임이 생기기 때문일까, 경력이 쌓일수록 간호사의 번아웃은 심화된다. 남자 간호사라고 해서 예외는 아니다.

5년 차가 되었을 무렵이었다. 매일 중환자를 보며, 병동에 있는 신규 간호사와 학생 간호사의 프리셉터를 도맡아 했었다. 프리셉터를 했던 날을 세어보니 100일을 훌쩍 넘겼다. 하루 건너 하루꼴로 프리셉터를 했다는 의미다.

프리셉터를 하면 그 스트레스는 상당하다. 혼자서 1분 만에 해결할 수 있는 일도 프리셉티 선생님에게 상세하게 상황과 과정을 설명해야 하기 때문이다. 같은 환자를 보면서 프리셉터를 하기란 쉽지 않은 일임이 분명하다.

그래서일까. 내 몸이 반응했다. 배꼽 주변으로 수포가 생기기 시작하더니 신경절을 따라 등으로 수포가 번지고 있었다. 대상포진임을 직감했다. 기저질환이 없는 30대 젊은 남성이 대상포진에 걸리기란 쉽지 않다. 대상포진은 면역력이 현저히 떨어졌을 경우에 발생하기 때문이다. 옷에 스칠 때마다 칼로 베는 듯한 통증을 진통제로 버텨가며 환자를 돌보고 프리셉터 역할을 해나갔다.

간호사는 환자의 아픔, 절망감, 죽음에 대한 두려움 속에서 긍정을 말하며 그들의 아픔을 돌보는 직업이다. 그러기 위해선 간호사의 긍정 에너지가 충만해야 한다. '나'를 돌볼고 아껴야 한다. 신체적으로 건강하고 긍정적인 에너지가 충분할 때 간호사는 비로소 주변을, 아픈 환자들을 돌볼 수 있다.

주변에서 자신을 제대로 돌보지 못해 임상에서 떠나는 간호사를 보면 마음이 아프다. 부디 현재 임상에 계신 모든 간호사가 '나'를 잘 돌볼 줄 알고, 온갖 생소한 질병으로 치료라는 험난한 여정을 떠나 힘든 길을 걷고 있는 환자들 곁에서 든든한 동행자가 되었으면 하는 바람이다.

생과 사의 곁에서

의식을 잃고 걷지도 못하던 환자가 치료를 무사히 마치고 두 발로 걷고 웃으며 가족과 함께 퇴원하는 모습을 보면 간호사로서 말할 수 없는 기쁨을 느낀다. 뇌종양이 있거나 뇌출혈이 있어 머리가 깨질듯한 두통은 물론이고, 보이지 않는다든지, 청각장애가 생겼다든지, 사지마비 탓에 절망 속에서 생을 마감하겠구나 하다가 완치판정을 받고 퇴원하는 순간, 환자들은 "새로운 생명을 얻었다"라고 많이들 말씀한다.

나는 세브란스병원에 입사한 직후부터 신경외과 중에서도 뇌종양 환자를 주 진료로 하는 병동에 발령받았다. 흔히 뇌종양이 있거나 뇌출혈이 있는 환자들이 입원해 치료받는다. 갓 대학을 졸업하고 병원에 입사한 나에게 뇌종양 환자 간호는 큰 부담이었다.

뇌종양 수술을 하는 상황을 떠올려보자.

단단한 두개골을 연다. 겹겹이 뇌를 감싸고 있는 막을 걷어낸다. 그제야 우리가 알고 있는 순두부같이 부드러운 뇌가 나온다. 종양이 있는 부분을 정확히 찾아내 도려낸다. 다시 막을 덮는다. 두개골과 피부를 봉합한다.

이런 뇌종양 또는 뇌출혈은 부위에 따라 환자의 예후가 다르다. 언어중추에 손상이 있다면 머릿속에서 단어를 조합하는 것과 입으로 말하는 과정에 장애가 올 수 있다. 또, 운동중추에 손상이 있다면 반신마비나 사지마비가 올 수 있다. 경우에 따라서는 일상생활을 할 수 없을 정도로 운동기능이 크게 손상될 수도 있다.

우리 신체의 모든 기능을 관장하고 명령하는 중추적인 역할을 하는 뇌를 수술한 환자를 돌보는 일에는 숙련된 간호가 필요하다. 그래서 신입 간호사 때는 환자를 간호하는 시간을 제외하고는 관련 서적을 읽고 질환이나 치료에 대해 열심히 공부해야 했다. 여러 해가 흐르자 뇌종양 수술을 받은 환자 간호가 그리 부담되지 않는 단계에 이르렀다.

어느 날 나이트 근무를 하던 때였다. 나이 지긋한 백발의 노부부가 보따리를 하나 들고 두리번거리고 있다.

"안녕하세요. 어떤 걸 도와드릴까요?"

"입원하러 10층에 가래서 왔는데 여기가 맞나⋯."

뇌종양 수술을 받기 위해 입원 예정인 80대 남성 환자가 있다고 인계받은 터라 이분이라는 것을 직감했다.

노부부는 밤 10시가 돼서야 병실에 도착했다. 지방에서 기차 타고 올라오셨다는데 서울이 낯설어 길을 헤매신 모양이었다. 거동이 불편해 보였다. 먼 길 오시느라 힘드셨을 것 같아 입원 생활에 대해 차근차근 설명했다.

할아버지는 종양이 상당히 큰 데다 위험한 위치에 자리 잡고 있는 상태였다. 게다가 연세도 많아 수술하기 전 여러 검사가 필요했다. 항혈전제를 복용했는데, 이런 종류의 약을 복용한 상태에서는 출혈 위험이 있어 며칠 동안 복용을 중단하고 수술을 받아야 했다.

밤도 늦었고 피곤하셨는지 노부부는 곧 잠이 드셨다. 그 모습을 확인하고 스테이션에서 업무를 보고 있었다. 새벽 3시. 그다음 날이 토요일이기도 하고 환자들이 모두 안정된 상태로 잠이 들어 평소보다 조용하게 일하고 있었다.

"저기요~."

어디 멀리서 메아리치듯 누군가를 애타게 부르는 소리가 들렸다. 응급상황에 대비해 기계의 알람 소리에 늘 민감하게 반응해야 하기 때문에, 그 목소리가 어디에서 나는지 확인하려는 찰나였다. 노부부가 있는 병실에서 콜벨이 울렸다.

"○○○! 정신 차려 봐!"

할머니는 할아버지가 의식이 없다면서 몸을 흔들어 깨우고 있었다.

"무슨 일이에요?"

할머니에게 어떻게 된 상황인지 물어보고 바로 할아버지의 상태를 확인했다. 동공이 열려 고정되어 있고 의식이 없었다. 팔과 다리를 꼬집어보고 어깨를 두드려 할아버지를 깨워봤지만 미동조차 없었다. 그나마 자발호흡과 맥박은 있는 상태.

"대소변을 지려서 치우려고 깨웠더니 일어나질 않아."

나는 당직의에게 상황을 요약해 알렸다. 당직의가 환자를 확인하려고 곧장 병실에 왔다. 바로 머리 CT 사진을 찍자고 했다. CT 결과 종양파열에 기인한 것으로 의심되는 출혈 탓에 뇌가 압박되는 매우 긴급한 상황이었다.

뇌는 두개골이라는 단단한 뼈에 감싸져 보호되고 있다. 하지만 여기에 종양, 뇌출혈, 수두증(뇌척수액) 등으로 인해 한정된 공간 안에 다른 물질이 끼어들면 뇌가 압박을 받아 제 기능을 상실함은 물론 환자의 생명에도 치명적일 수 있다.

"지금 당장 수술 들어갈게요. 수술 준비해주세요!"

주치의가 바로 수술 결정을 내렸다. 1초가 아쉬운 촌각을 다투는 상황. 옆에 있던 동료와 후배 간호사들도 수술 준비를 도왔다. 보호자에게 수술의 필요성과 과정에 대해 설명 들을 수 있도록 의사에게 안내했다. 그러는 동안 의식이 없는 환자를 수술복으로 갈아 입히고, 굵은 바늘로 정맥주사를 놓아 수액을 연결했다. 수술에 필요한 약품이며 물품도 모두 준비했다. 채 몇 분이 지나지 않아 수술 준비를 마친 환자를 수술방으로 내려보냈다.

전쟁터를 방불케하는 폭풍이 한바탕 휘몰아쳤다. 한 생명을 살리기 위해 숨이 턱끝에 차오를 때까지 이리저리 뛰어다녔다. 환자 상태를 확인하고 즉시 주치의에게 알렸으며 수술이라는 결정이 내려지고 환자를 수술방에 보내는 일련의 과정이 무리 없이 잘 진행됐다는 안도감에 긴장이 풀렸다.

정신없이 바빴던 나이트 근무가 끝나고 3일 오프(비번)가 지나 출근했다. 내가 수술 보냈던 할아버지가 중환자실을 거쳐 병동에 와 있었다. 선배에게 인계를 받았다.

"그날 선생님이 환자 분 상태를 잘 발견해서 수술 잘 마치고 오셨어. 주치의 선생님도 담당 간호사가 누구였냐며 상황을 잘 알려줘서 고마웠다고 하시더라."

갑작스러운 종양출혈로 조금이라도 늦게 발견했거나 치료가 지연됐다면 환자가 사망할 수도 있던 상태였다고 했다.

그런데 내가 오히려 환자에게 감사했다. 새벽에 나를 포함해 동료와 후배가 모두 한마음으로 환자를 살리기 위해 했던 노력이 헛되지 않아서.

무사히 수술을 마친 환자에게 감사한 마음을 전했다. 수술 경과도 좋았다. 수술 며칠 뒤 환자 스스로 걷고 식사도 잘하더니 얼마 지나지 않아 무사히 퇴원했다. 당시 우리의 모습을 지켜보신 할머니는 감사하다며 수차례 허리를 숙여 감사를 표했다.

생과 사는 멀리 있는 것이 아니다. 피부에 바로 맞닿아 있을 만큼 우리 가까이에 존재한다. 아차 하는 순간 벼랑 끝에 있는 환자의 생명을 살릴 수 있는 건 간호사다. 하루 24시간, 1년 365일 침상 바로 옆에서 환자를 지키는 직업이 간호사 말고 또 있을까?

별이 된 간호사

"오늘 물 한 모금 못 마시고 일했어."

"그래? 나는 화장실 가는 시간이 아까워서 물 안 마셔. 물 많이 마시면 소변 봐야 하니까."

간호사라면 끝도 없이 펼쳐진 사막에서 헤매다 오아시스에서 물 한 모금을 마셨을 때와 같은 쾌감을 느껴봤을 것이다. 물 한 모금 마시는 것조차 사치스럽게 느껴지는 급박한 상황에서 식사와 배변 활동 같은 기본 욕구조차 해소하지 못할 때가 많기 때문이다.

신체는 거짓말을 하지 않는다. 간호사라고 해서 보통 사람들과 다르지 않다. 올바른 식습관과 수면과 배변 활동은 건강한 신체를 유지하도록 하지만, 그러지 못할 경우 우리 몸은 버티고 버티다가 한계에 직면했을 때 여러 증상으로 위험 신호를 보내고 질병으로 위급함을 표현한다.

찜통 같은 여름 어느 날, 데이 근무를 마칠 무렵 이브닝 근무 선생님에게 인계할 준비를 하고 있었다. 인계받는 선생님은 아주 꼼꼼한 성격이라 사소한 것도 놓치지 않았다. 일명 '똑순이' 선생님.

또 동료나 선후배에게 배려심도 많아 항상 긍정적이고 낙천적이기도 했다. 그런데 선생님 안색이 창백해 보였다. 표정이 마치 세상을 잃은 사람처럼 넋이 나간 듯했다.

"선생님, 무슨 일 있으세요?"

"… 아니요. 아무 일 없어요."

표정은 아니었지만 괜찮다고 해서 인계를 마무리했다. 무슨 일이 있는 것이 분명했다. 몇 년간 그런 모습을 단 한 번도 보지 못했기 때문이다.

며칠 뒤였다. 선생님이 돌연 휴직한다는 이야기를 전해 들었다. 병가인데 난소암 4기라고 했다. 마치 환자의 형제나 가족인 듯 사소한 것 하나 놓치지 않고 환자를 간호하던 분이, 정작 자신의 질병이 그토록 진행될 동안 모르고 있었던 것일까. 그분은 진심으로 환자를 간호하는 분이었다. 환자 돌보느라 식사하는 모습을 본 적이 없을 정도였다. 항상 일찍 출근해 환자에게 필요한 것들을 준비하고 퇴근하기 전까지 환자를 위해 열정적으로 일하던 모습이 떠올랐다.

악성 난소암은 굉장히 지독한 여성암이다. 그 예후 또한 매우 좋지 않다. 선생님은 다른 장기에도 이미 암이 전이가 된 최악의 상황이었다. 하지만 희망을 잃지 않고 항암치료를 반복하며 암을 이기려고 노력했다.

산부인과에서는 수술적 치료가 큰 의미가 없어 보인다고 했다. 종양내과에서 임상연구를 하고 있는 항암치료가 유일한 방법이라고 했다. 선생님은 항암치료 탓에 체력적으로 버티지 못해서인지 병가를 연장했다. 병원에 항암치료를 하러 오는 날이면 근무하던 병동에 들러 소식을 전해주기도 하고 가끔 문자로 안부도 전해 들었다.

그 무더웠던 여름과 짧은 가을이 지났다. 제법 쌀쌀한 날씨에 두꺼운 패딩을 입고 출근하는 날이었다. '02)2228'로 시작하는 문자(병원에서 온 문자)가 왔다. 병원에서 또 문자를 보냈겠거니 하며 대수롭지 않게 생각하며 문자를 확인했다.

[Web발신]

연세의료원) ○○○ 본인상, 세브란스병원 장례식장

선생님이 항암치료를 위해 입원했을 당시 병문안 갔을 때였다.

"선생님들 제가 이거(암) 이겨내고 병동으로 복귀할게요."

선생님은 웃으면서 이야기했다. 누구보다 질병의 예후와 경과에 대해 잘 알고 있으면서도 병문안 온 동료들이 걱정할까 봐 외려 우리를 배려했다. 옆에 있던 다른 선생님들은 아무 말도 하지 않고 하염없이 울기만 했다. 나도 코끝이 찡했다. 선생님은 괜찮다며 또 우리를 다독였다.

간호사는 하나의 소중한 생명을 지켜 친구와 가족에게 돌려보내는 역할을 한다. 이것이 간호사가 침상 옆에서 환자를 꼭 지키고 있어야 할 이유이자, 결국 우리가 간호사가 된 이유가 아닐까.

죽음의 문턱으로 향하는 환자를 가족들에게 돌려보내기 위해 24시간 침상 옆에서 환자의 표정과 몸짓 하나 놓치지 않고 간호하던 '간호사'의 모습을 우리는 기억할 것이다.

소록도에서의 결심

입원간호2팀 102병동파트 윤현기

남자 간호사이기 전에 간호사

나는 입원간호팀 신경외과 병동에서 환자를 간호한다. 신경외과 환자 중에서도 뇌종양 환자를 중점으로 돌보고 있다. 뇌종양 환자는 의료진이 정성을 다해 간호해도 건강이 눈에 띄게 좋아지는 경우가 드물다. 종양이 악성일 경우에는 예후가 좋지 않은 경우가 다반사다.

환자들은 갑작스럽게 특정 신체 기능에 장애가 생기는 경우가 잦다. 감정이나 성격이 변하기도 하고, 언어를 구사하는 데도 장애가 생겨 말이 나오지 않는 상황도 발생한다. 질병이 더 진행되면 생명 유지에 필수적인 기능까지도 수행하지 못한다. 그렇게 되면 자신의 상황에 순응하지 못해 정서적으로 우울감을 겪는 환자가 대부분이다.

환자 상태에 순응하지 못하는 것은 보호자도 예외가 아니다. 그래서 간호사는 신체적인 간호 외에도 환자의 정서까지 보듬어줄 수 있는 포괄적인 간호를 해야 한다.

이러한 특징 때문에 병동에서 남자 간호사의 역할은 더욱 중요해지고 있다. 기본적으로 시행되는 투약이나 환자 상태 파악 외에도 남자 간호사로서 환자에게 도움이 되는 경우가 많다.

예를 들면, 감정 조절이 어려워져 폭력적으로 변하는 환자의 신체 안전을 위해 보호대를 적용하는 경우가 있다. 운동 능력이 저하되어 침상에서 체위를 변경하거나 환자의 움직임을 보조할 때도 마찬가지다. 신경외과 환자의 경우 낙상 빈도가 잦은 편이다. 이때에도 낙상한 환자를 부축해 재빨리 침상으로 옮겨 안정을 취하게 해야 한다.

다만 이 글을 통해 전하고 싶은 이야기는 병동에서 남자 간호사의 역할이 '신체적인 장점'에만 한정되어 있지 않다는 점이다. 편향적이긴 하지만 성별을 성향으로 구분 짓는다면, 대개 남자는 육체적인 능력이 뛰어나다. 반면 정서적인 측면에서 공감 능력이 상대적으로 부족해 보인다.

하지만 '간호사'라면 그럴 수 없다. 환자의 정서를 이해하고 환자와 의사소통할 수 있어야 더 많은 문제를 찾아 해결할 수 있다. 특히 신경외과에서는 무심코 지나칠 수도 있는 환자의 작은 증상조차도 환자의 예후에 큰 변화를 일으킬 수 있는 중요한 단서가 되는 경우가 많다.

소록도의 기억

간호사가 되기로 결심하면서, 정서적 지지를 중요하게 생각하게 된 계기가 있다. 간호사라는 진로를 결정하기 전, 하고 싶은 일을 찾고 진학에 도움이 될까 싶어 봉사를 다녀온 적이 있다.

소록도라는 작은 섬에는 한센병 환자들이 모여 살고 있다. 한센병은 균이 신경계에 침범해 감각이 사라지는 병이다. 외상 탓에 손가락 발가락 등이 떨어져 나가 신체적 장애도 일으킨다.

지금은 전 세계적으로도 드문 질환이지만, 과거에는 접촉만 해도 신체적 장애가 생기는 무서운 전염병이라고 인식했다. 그래서 병에 걸린 환자들은 사회에서 배척당했다. 가족과도 분리되어 반강제로 같은 질병을 앓고 있는 사람들과 소록도라는 작은 섬에서 생활할 수밖에 없었다.

소록도에서 나는, 질병은 모두 사라지고 후유증 탓에 일부 신체를 잃어버린 분들의 집안일을 돕는 일을 했다. 가장 중요한 일과는 그분들의 이야기를 들어주는 것이었다.

환자들은 병 때문에 겪은 신체적 고통이나 후유증보다 이웃들에게 심지어 가족들에게도 배척되어, 그들을 피해 다니던 과거의 정신적인 상처와 고통 때문에 더 아파했다. 한 분은 얼굴이 변형되어 자녀마저 부모를 외면했고, 그 자녀는 배우자와 자식에게도 부모의 존재를 숨겼다. 그 자녀는 지금도 몇 년에 한 번 다른 가족들 몰래 그분을 찾아와 안부만 전하고 간다고 했다.

그분은 항상 본인이 없는 가족사진을 벽에 걸어놓고 쳐다보곤 했다. 실제로는 만나보지도 못한 손자의 사진을 바라보면서 자녀에게 폐를 끼치고 싶지 않다며 오히려 자신의 존재를 숨기기를 원했다.

가족이 있지만 만나지 못하고 그리워하는 모습을 보면서, 질병으로 겪게 된 고통 중 신체의 고통은 일부에 불과하다는 점을 알게 됐다. 신체의 변화로 인해 찾아온 정신적인 고통은 감히 헤아리기 어려울 정도였다.

이러한 아픔마저도 내가 조금이나마 감싸줄 수 있으면 좋겠다는 생각이 들었다. 이 일을 계기로 간호사가 되어야겠다고 마음을 먹었다.

하지만 실제 임상에서는 마음과는 달리 많은 어려움을 겪었다. 여자 환자의 경우 남자 간호사에게 신체적 간호를 받을 때 꺼림직해하기도 하고, 반대로 환자는 아무렇지 않으나 보호자가 꺼리는 경우도 있었다. 고령의 환자들은 남자 간호사에 대해 의구심을 표현하는 경우도 많았다.

그럴 때마다 불만을 토로하기보다는 간호사가 되기로 마음먹은 계기를 떠올렸다. 그리고 환자에게 진심을 보이면 감사하게도 많은 분이 마음을 내어주었고, 오히려 응원을 받으며 남자 간호사로서 당당하게 일할 수 있었다.

환자가 건강을 회복하도록 도움을 주고 나아가 정서적으로 환자를 지지하는 것은 간호사라면 모두가 지향하는 목표다. 근무하며 마주한 수많은 환자는 나에게 남자 간호사도 이러한 능력이 전혀 부족하지 않다는 점을 깨닫게 해주었다.

내가 간호하는 사람

간호사로서 정서적 지지의 대상은 환자뿐만이 아니다. 한번은 악성 뇌종양으로 입원한 환자가 있었다. 최근 받은 건강검진상에서도 큰 이상 소견을 들은 적이 없는 환자였다. 가끔 두통이 있었지만 앓던 병이 없는 환자는 심각하게 생각하지 않았다고 한다. 그런데 어느 날 갑작스럽게 말이 어눌해지며 몸이 생각대로 움직이지 않았다. 환자는 악성 뇌종양을 진단받았다.

환자 상태가 좋지 않았기 때문에 입원 기간이 길어졌다. 의식 또한 저하되어 정상적으로 사고하지 못했다. 이 상황에서 환자를 돌보게 된 배우자는 보호자라는 역할이 너무 과중하게 느껴졌을 것이다. 예상하지 못한 환경의 변화를 겪은 배우자는 보호자로서의 역할을 무시하고 간호와 간병에 참여하지 못했다. 의료진, 특히 간호사에게만 의지하며 짜증과 분노, 화를 자주 드러냈다.

협조적이지 못한 보호자를 챙겨가며 환자를 간호하는 일은 쉽지 않다. 그렇지만 배우자가 느끼는 상실감과 압박감을 이해하지 못하는 것은 아니었기에, 나는 여유가 있을 때마다 보호자 옆에 앉아 대화를 나누었다. 보호자와 감정을 공유하며 환자 상태를 이해시키고 보호자 간호의 중요성과 책임을 알렸다.

변화는 천천히 나타났다. 보호자에게 많은 것을 알려줄수록 보호자는 궁금한 것이 많아졌다. 동시에 환자 옆에 머무는 시간이 늘어났다. 간호사의 도움을 받아 위생 관리와 체위 변경도 시작했다. 처음에는 서툴고 더뎠지만 보호자는 조금씩 적응했고 마침내 완벽하게 역할을 해낼 수 있었다. 게다가 5인실에서 지내면서 새로 입원한 환자와 보호자에게 자신이 배운 간병 정보를 공유하더니, 병동 내에서 가장 '협조적인' 보호자가 되었다.

그런데 환자 상태는 점차 악화되었다. 결국에는 병동에서 임종을 맞이했다.

임종하는 날 보호자는 환자를 배웅하고 병동을 떠나면서 편지를 남겼다. "감사합니다." 편지에는 자신이 마지막까지 환자에게 최선을 다할 수 있게 도와줘서 감사하다는 말이 적혀 있었다.

일반적으로 간호의 대상은 환자만으로 생각하기 마련이다. 그런데 막상 임상에서는 환자뿐 아니라 가족까지도 병들어간다. 가족 역시 간호를 받아야 할 사람들인 셈이다.

익숙해지지 않는 것

코로나가 발생하고 확진자가 점차 늘어나면서는 출근길에 그날의 확진자 수를 확인하는 일이 일상이 되었다. '아, 오늘도 서울시 확진자가 2000명이 넘었구나….'

출근하는 차 안에서 들려오는 라디오에서도 코로나의 전파력과 위험성에 대해 경고하는 뉴스가 나온다. 사회적 거리두기, 백신 접종률, 확진자 현황 등 어느 곳에서나 코로나와 관련된 소식이 자연스럽게 귀에 들려온다.

어느새 병원에 도착하고 차에서 내리자마자 느껴진 날씨는 어제와 다르게 유독 추웠다. 기온도 영하로 떨어지기 시작한 날이었다. 그날은 짧은 휴가를 마친 뒤 병동에 출근하는 셋째 날이었다. 하루하루 상태가 나빠지는 환자가 있기 때문에 병동으로 향하는 발걸음이 가볍지 않았다.

며칠 전에 입원한 그 환자는 뇌종양을 진단받았다. 어느 날 하지 전체가 마비되어 자신의 의지로 다리를 움직일 수 없었다고 한다. 감각 또한 전혀 느끼지 못했다.

신체 일부를 잃어버린 듯한 상실감과 우울감이 컸기 때문에 그 환자는 항상 무기력했다. 더불어 뇌종양이 환자 상태를 더욱 나쁘게 만들었다. 날짜가 바뀔 때마다 환자의 의식도 조금씩 저하됐다. 종양이 조직검사 결과에서도 악성으로 판별됐다. 더구나 많이 진행되어 항암이나 방사선 치료를 해도 큰 효과를 기대하기는 어려웠다.

나는 병동에서 근무하면서 여러 뇌종양 환자를 마주했기 때문에 환자 예후가 좋지 않음을 금세 알 수 있었다. 아니나 다를까 며칠 전 환자의 의식이 갑작스럽게 저하됐다. CT와 MRI 결과를 확인한 전문의는 환자에게 남은 시간이 많지 않음을 보호자에게 알렸다. 환자는 흔히 말하는 '시한부' 선고를 받은 것이다. 의료진이 환자에게 해줄 수 있는 최대한의 치료는 앞으로 환자가 느낄 고통을 최소화하고 더 이상 고통을 주지 않는 것이었다.

보호자에게 '연명치료 중단이행서'를 설명했다. 가족들은 모두 동의했다. 그날 이후 나는 매일 출근하자마자 가장 먼저 환자 배정표를 확인했다. '아, 다행이다. 아직 병동에 계시는구나.' 임종이 가까운 환자인 터라 병동 처치실에서 그 환자를 집중 관찰을 하고 있었다. 전 근무자에게 재빨리 인수인계를 받은 후 환자를 보기 위해 처치실로 향했다.

혈압을 재기 위해 잡은 환자의 손은 출근하면서 느꼈던 계절과 같았다. 급하게 환자의 활력징후와 신경학적 상태를 확인해 담당 의사에게 알렸다. 환자를 확인한 담당 의사는 이제 환자에게 남은 시간이 많지 않음을 알았다.

환자 상태가 좋지 않아 보호자에게 연락해야 하는 순간은 항상 조심스럽고 어렵다. 전공의가 먼저 유선으로 환자의 상황을 보호자에게 설명했다. 나는 전화를 건네받은 뒤 보호자가 내원하는 데 걸리는 시간을 확인하고 환자의 얼굴을 보기 전 원내에서 코로나 검사를 받아야 한다고 전달했다.

생명이 위급한 환자의 경우에는 보호자 한 명만 10분 이내 병문안이 가능하다. 임종이 눈앞에 있는 상황에서는 네 명까지 10분 내로 면회가 가능하지만, 이때에는 뉴스에서 흔히 보는 여러 종류의 보호장구(보호복, 마스크, 장갑, 안면마스크 등)를 착용해야 한다. 안타깝지만 코로나는 마지막 순간에도 환자를 마주할 수 있는 공간과 시간을 제한해버렸다.

한 시간이 지났을 즈음 병동으로 머리가 하얗게 새어버린 노모가 외부와 차단된 병동의 유리문 앞에서 다급하게 문을 두드렸다. 임종이 임박한 환자의 어머니였다. 급하게 오신 듯 날씨가 추운데도 불구하고 얇은 옷을 대충 걸친 행색에 얼굴색은 하얗게 질려 있었다.

아직 코로나 검사 결과가 나오지 않았기 때문에 노모는 간호사의 도움을 받아 보호장구를 겹겹이 착용하고 아들 곁으로 향했다. 노모는 제한된 짧은 시간 동안 장갑을 낀 채 아들의 손을 잡고 눈물을 흘리고 있었다. 임종을 앞둔 자식의 온기를 맨손으로 온전히 느끼지 못하는 것이 보호자에게는 얼마나 안타까운 심정인지 나는 가늠할 수 없었다.

그렇게 짧은 10분이 지나갔다.

어쩌면 가장 고통스러운 사람은 이러한 상황을 뒤로하고 코로나 검사 결과가 나올 때까지 하염없이 기다릴 수밖에 없는 보호자였을지도 모른다. 3층 로비에서 아들이 고통스럽지 않기를 간절하게 기도하는 동안, 병동에서는 환자의 맥박과 혈압이 떨어지고 숨소리가 분 단위로 바뀌며 산소포화도가 떨어지는 수많은 위기가 지나갔다.

가족들의 간절함이 전해진 탓일까, 환자는 의식이 없음에도 불구하고 위기의 순간마다 잘 버텨주었다. 노모와 다른 가족들의 코로나 검사 결과가 나올 때까지 이겨내고 있었다.

노모가 아들의 얼굴을 다시 마주할 때까지 얼마나 긴 시간을 느꼈을지는 감히 예상할 수 없었다. 코로나 검사 결과, 음성을 확인하고 대표로 환자의 어머니가 보호자로 올라왔다. 임종의 순간에 가까워졌기에 더 창백해진 아들의 얼굴을 본 노모는 몸을 떨고 있었다. 신체적으로도 정신적으로도 과부하가 찾아온 것 같았다. 이대로 환자를 보내게 된다면 노모는 아들을 잃은 상실감과 직후에 찾아올 우울감의 단계에 한참을 머무를 것 같았다.

나는 어머니에게 이불을 덮어주고 핫팩을 쥐어주면서 말했다.

"보호자 님, 환자 분 손 꼭 잡고 마지막으로 해주고 싶은 말씀을 전해주세요. 지금 하시는 말씀은 환자 분이 들을 수 있어요."

사망 직전의 의식불명 상태에서도 청각은 마지막까지 작동한다는 연구 결과가 있다. 임종의 순간 간호사로서 보호자에게 해줄 수 있는 것은 환자를 편하게 보내주도록 도와주는 일이다.

자신보다 먼저 가버리면 어떡하냐고 한참을 목놓아 울부짖던 노모는 그제야 환자의 귓가에 힘겹게 쉰 목소리를 짜내며 말했다.

　"아들, 엄마가 미안해. 먼저 보내서 미안해. 엄마가 정말 사랑해. 그동안 너무 고마웠어."

　보호자의 말 몇 마디에 나도 감정을 억누르기 어려웠다. 임종의 순간은 익숙해지지 않는다. 그리고 그 순간만큼은 병동 전체가 숨 죽인 듯 조용하다. 처치실에서 울부짖는 보호자의 울음과 오열 때문일까, 다른 환자와 보호자도 묵묵할 뿐이다. 고요하고 경건한 분위기만 맴돈다.

　누구에게나 안타까운 순간이고 겪고 싶지 않은 순간이기 때문일 것이다. 하지만 피할 수 없는 순간이기도 하다. 간호사는, 아니 나는 항상 환자와 보호자의 곁을 지키는 사람으로 남고 싶다.

Image by Freepik

병동이라는 최전선에서

암병원 입원간호2팀 145병동파트 손창현

무엇을 도와드릴까요

나는 연세암병원 암)입원간호2팀 145병동 파트에서 일한다. 주로 위장관외과/대장항문외과(위암·대장암)의 수술 전후 환자를 간호하는 병동이다.

우리 병동은 외과 중에서도 남자 간호사의 비율이 높은 편인데, 간호사 약 스무 명 중 네 명이 남자로 대략 20퍼센트 비율이다.

나는 고등학교 때까지는 펀드매니저나 한의사가 되고 싶었다. 하지만, 재수하다가 문득 '사람을 많이 살리는' 일을 해야겠다는 의지가 생겼다. 그런데 '왜 간호학과였나'에 대해서는 사실 명확하게는 모르겠다.

내가 막상 간호사가 되겠다고 하자, 주위에서도 황당하다는 반응이 대부분이었다. 부모님께서도 처음에는 많이 놀라셨다. 대학생 때나 신규 간호사 시절에는 너무 힘들게 공부하고 근무하는 것 아니냐며 부모님이 걱정도 많이 하셨다. 하지만 지금은 나를 굉장히 자랑스럽게 여기신다. 나도 내 일에 충분한 보람과 자부심을 느끼고 있다. 다시 대학 입시 때로 돌아가더라도 아마 간호사의 길을 택할 것 같다.

남자 간호사라고 해서 병동에서 하는 업무나 받는 대우가 다르지는 않다. 다만 인원이 적다 보니 어딜 가나 아무래도 이목이 집중되기 때문에, 행동이나 처치 하나하나에 더 신경을 써야 한다.

한편으로는 일을 더 열심히 해야겠다는 의지를 다질 수 있다는 '장점'도 있다. 또 성공적으로 적응해서 열심히 일하다 보면 겉보기와는 다른 반전 매력을 환자와 보호자에게 선사하거나, 듬직하고 성실한 이미지를 조금 더 잘 전달할 수도 있다. 게다가 외과에서는 수술 후 환자를 처치할 때 물리적인 힘이 필요한 경우가 많은데, 이때 남자 간호사의 든든한 매력을 어필할 수도 있다.

물론 고충도 많다. 병동 내 남자 간호사의 수가 증가하는 추세이긴 하지만, 여전히 소수이기 때문에 적응하기가 쉽지 않다. 또, 일반적으로 간호 업무를 수행하는 데 있어 여러 업무가 동시다발적으로 발생하는 경우가 많은데, 개인차가 있겠으나 많은 남자 간호사가 초반에는 멀티태스킹을 하는 데 다소 어려움을 겪는다.

특히 나 같은 경우에는 다른 사람들보다 두세 배는 더 노력해야 했다. 예를 들자면, 병동에서는 전공의와 통화를 마치자마자 검사방에 연락하는 동시에 스테이션에 나온 환자와 보호자를 응대해야 하는 상황이 자주 발생한다. 이때 멘탈을 단단히 챙겨야 한다.

환자와 보호자 입장에서 남자 간호사를 잘 인지하지 못하는 경우도 있다. 근무 독립한 지 3개월 쯤 되었을 때였다. 그날도 어김없이 데이 근무 내내 병실을 부리나케 드나들며 열심히 환자를 간호했다. 그런데 이브닝 근무 간호사가 라운딩을 갔더니, 환자가 "왜 우리 병실에는 간호사가 안 와요?"라고 했단다. 그때 느꼈던 허탈함과 서운함이란.

특히나 나처럼 외모가 '튼튼한' 남자 간호사들은 환자나 보호자가 간혹 이송팀이나 보안팀 직원으로 오해하는 경우도 있다. 그럴 땐 힘주어 이렇게 말한다. "안녕하세요, 오늘 오전번 담당 간호사 손창현입니다! 무엇을 도와드릴까요?"

2021년 간호사 국가고시 합격자 가운데 남자 간호사의 비율은 14.7퍼센트였다. 누적 남자 간호사 수는 2만 명을 넘었다. 예전과는 다르게 남자 간호사는 더 이상 드문 직업이 아니다. 비록 체력적으로 힘들고 정신적으로 지칠 때도 있지만, 스스로 자부심을 느낄 수 있는 보람찬 직업임에 틀림없다.

내가 신규 간호사였던 2017년만 해도 암병원 외과 메인 병동에는 남자 간호사가 없었다. 내가 암병원 외과에 첫 발령받은 남자 간호사였다. 그래서인지 내 행동 하나하나가 관심의 대상이었고, 동시에 비교의 대상이기도 했다.

지금은 상상할 수도 없지만 데이 근무 때 새벽 4시 30분에 출근해서 밤 10시 넘어서 퇴근한 적도 있었다. 힘든 병동 업무에 적응도 잘 못해서 좌절하고 주저앉을 때도 많았다. 밀려드는 일은 많은데 주어진 업무를 처리하는 데는 미숙하고…. 간호사 면허를 딴 지 몇 달도 되지 않은 새내기였지만, 환자와 보호자는 나에게 '세브란스'에 걸맞은 능숙한 간호사의 역할을 기대했다.

그 기대가 신규 간호사 시절에는 너무나도 부담스러웠다. 가끔은 도망치고 싶었다. 너무 힘들어서 일주일에도 몇 번씩 파트장 면담을 요청했다. 근무 독립 후 첫 여름에는 10킬로그램가량 살이 빠져 수척해지기도 했다.

지금도 예민한 환자와 보호자를 응대하는 일이 쉽지는 않다. 당시에는 여린 마음에 야속한 말 한마디에도 많은 상처를 받았다. 퇴근 후에도 근무와 생활을 분리하지 못해서 속앓이를 수도 없이 했다. 꿈에 병원이 나올 정도였으니….

돌아보면 나도 신규 간호사 때는 정말 일을 잘 못했던 것 같다. 몰랐으니까. 익숙하지 않았으니까. 특히 적응하기 어렵고 속상했던 일도 많았는데, 남자라는 이유로 마음속 응어리를 털어놓고 싶어도 들어줄 선배가 없어서 힘들었다.

그런데 놀랍게도 '하다 보니 나아졌다'. 그리고 지나고 보니 '누가 옆에서 들어줬으면 더 빨리 나아졌을 것 같았다'. 그래서 후배 남자 간호사들이 힘들어할 때는 공감하고 도와주고 싶었다. 비슷한 길을 먼저 걸었으니까. 조금이라도 그들의 마음의 짐을 덜어주고 싶으니까.

이런 마음을 먹고 나니 어느새 나는 그들에게 프리셉터이자 버팀목이 되어 있었다. 오늘 근무 너무 힘들었고, 이런 점이 너무 속상했다는 후배의 푸념을 두 시간 가까이 전화로 들어도 나는 그다지 힘들지 않았다. 이렇게 위로해주고 공감해준다면 이 후배는 앞으로 두 달, 아니 2년은 더 열심히 힘내서 근무할 테니까.

앞에서 잠깐 언급했지만, 나는 겉보기에 '튼튼해' 보인다. 그래서 근무할 때는 사근사근한 말투와 적극적인 태도로 먼저 다가가는 편이다. 분명 무표정하게 있으면 내 주위에 '어둠의 오라aura'가 피어날 것이기에….

처음에는 나를 어색하게 받아들이던 환자나 보호자도 근무가 끝날 때쯤이면 마음을 열고 다가오는 게 느껴진다. 그렇게 며칠 근무하다 보면 라포가 형성되고, 치료적 관계를 맺는 데서 얻는 보람을 덤으로 느낄 수 있다.

일하면서 '성 역할에 대한 고정관념'을 나의 노력으로 깨뜨렸을 때도 흐뭇해진다. 위암이나 대장암 수술 후에는 통증 조절이나 식사 관리에 어려움을 겪는 환자가 많다. 한번은 연로하신 환자 분께 눈높이에 맞춰 통증 조절과 식사 시 주의 사항에 대해 차분히 알려드린 적이 있었다. 그분은 퇴원하시며 나에게 보람찬 칭찬카드를 남기셨다.

기성세대라서 남자 간호사에 대해서 호의적이지 않았는데, 남자 간호사의 편견을 완벽하게 깨뜨려주신 손창현 간호사 님. 설명이 자연스럽고 이해하기 쉬웠으며, 신뢰할 수 있어 좋았습니다. 더 섬세하고 친절하게 대해주셔서 편안하게 있다가 일상으로 돌아갑니다.

나는 근무할 때 적극적으로 행동하는 편이다. 다른 선생님이 바쁠 때면 백업하려고 노력하고, 내가 할 수 있는 일이 무엇인지 생각해보고 찾아서 도와준다. 누군가는 '그냥 내 할 일만 하고 퇴근하면 되지'라고 생각할 수도 있겠다. 하지만 내가 같은 상황에 놓이면 다른 선생님들이 나를 도와줄 것이라는 믿음이 있다.

3년 차 때 일이다. 이전에 있었던 부서(암병원 146병동)의 파트장은 연말 면담을 할 때 "네가 올해에 도움을 많이 주었다고 생각하는 사람 세 명, 도움을 많이 받았다고 생각하는 사람 세 명"을 꼭 물었다. 면담이 끝나고는 파트장이 나를 따로 불렀다. 부서원 전체가 '도움을 많이 받았다고 생각하는 사람'으로 나를 지목했다고 했다. 그때, 내가 일하며 흘린 땀이 헛되지 않았음을 깨달았다.

먹구름이 몰려오다

그날은 출근길부터 비가 왔다. 아침에는 해가 쨍쨍하더니, 이브닝 출근 시간이 되자 먹구름이 몰려오며 거센 바람과 함께 장대비가 내렸다. "오늘은 중환자가 있으려나…."

나는 비 오는 날을 별로 좋아하지 않는다. 긍정 에너지를 전파하고 다니는 나로서는, 비 오는 날에는 뭔가 컨디션이 다운되는 기분이 들기 때문이다. 찜찜한 기분을 뒤로한 채 여느 때와 다름없이 암병원 B7 탈의실에서 근무복으로 갈아입고 14층으로 출근했다.

내가 일하는 부서는 위암·대장암 수술과 관련된 병동이다. '수술'은 환자와 보호자에게 분명 부담스러운 '사건'이다. 특히 암 수술의 경우에는 더 많은 두려움과 불안을 동반한다. 더군다나 고령의 환자는 수술한 뒤에도 몸이 너무 힘든 나머지 간혹 섬망 증세를 보이기도 한다.

정형외과나 여타 외과와는 다르게, 우리 부서의 환자 대부분은 수술을 한 뒤 보통 금식부터 시작해서 물–미음–죽 순서로 식사를 한다. 하지만 위장관계, 즉 소화기관을 절제하다 보니 식사 변경을 천천히 하는 경우가 많다. 식사량 자체도 적어서 영양 불량이나 불균형이 나타날 수 있는데, 이는 전반적인 컨디션 저하와 맞물려 악순환이 되기도 한다.

"선생님, 오늘은 장판수(가명) 환자 분 상태가 좀 어떠세요?"

"오늘은 상태가 좀 괜찮으셔. 죽도 좀 드시고, 운동도 잘 하셨어."

장판수 환자도 그랬다. 50대 후반의 남자 환자로, 대장암으로 대장절제술과 장루형성술(인공 항문을 만드는 수술)을 받은 분이었다.

그분은 평소에 술, 담배를 너무 좋아해서 입원 당일까지 담배를 태우고 입원했다고 했다. 수술 전 들이마시는 폐활량계를 연습할 때도 공 세 개 가운데 한 개를 겨우 올렸다.

수술 후에는 통증 때문에 심호흡과 걷기 운동도 잘 하지 못했다. 그 바람에 무기폐(폐가 쭈그러든 상태)가 생겨버렸다. 38도 이상의 발열과 더불어 염증 수치는 하늘 높은 줄 모르고 치솟았다.

교수님은 회진하면서 일단 항생제를 투여하고 며칠 경과를 본 뒤, 식사 변경을 조금 천천히 고려하자고 했다.

엎친 데 덮친 격으로 수술 당시 삽입했던 도뇨관을 제거했음에도 환자는 스스로 소변을 거의 보지 못했다. 복부를 수술했기 때문에 복부에 힘을 많이 못 주어서 그럴 수도 있고, 남자의 신체 구조상 50~60대가 넘어가면 전립선 비대가 없을 수는 없기에 이래저래 소변을 보기가 쉽지 않은 상황이었다.

환자는 힘겹게 30밀리리터가량 소변을 봤지만 잔뇨량이 520밀리리터나 측정됐다. 그다음 50밀리리터를 자가 소변을 봤을 때는 잔뇨량이 650밀리리터였다. 결국 담당 전공의는 다시 소변줄을 꽂고 2~3일 정도 지켜보기로 결정했다.

환자의 불편함은 커져만 갔다.

　장판수 환자는 수술 직후부터 섬망 증세도 조금씩 보였다. 낮이나 오후에는 멀쩡하다가도, 밤만 되면 섬망 증상이 나타났다. 옆에 있는 배우자도 알아보지 못했다. 주삿바늘을 잡아 빼려는 행동을 하거나 집에 가야 한다는 둥 횡설수설하기도 했다. 할 수 없이 수술 후 첫째 날과 둘째 날은 양팔에 신체 보호대를 착용시키고 병실이 아닌 간호사실 뒤편에 마련된 치료실에서 밤을 지내게 했다.

　정신건강의학과 협진을 보고 해당 전공의가 환자와 면담했지만 정확한 환자 상태 판단이 어렵다며 난감해하며 돌아갔다. 이후 협진 요청에는 "전반적인 컨디션 회복이 선행되어야 섬망 증세가 호전될 것 같습니다. 섬망 증세 악화 시 쿠에타핀Quetapin(정신장애 증상 치료제) 시작해주시고, 정기적인 심전도 검사 시행이 필요합니다"라는 답변이 나왔다.

　환자가 금식하고 있기에 경구약을 복용하기 부담스럽다고 판단한 담당 전공의는 일단 쿠에타핀 투약을 보류하고 경과를 관찰하기로 했다. 보호자는 답답한 마음에 담당 간호사가 바뀔 때마다 언제쯤 상태가 좋아지냐며 하소연을 했다. 옆에서 지켜보는 우리의 마음도 타들어갈 뿐이었다.

　여러 사람을 애태우게 한 환자이니만큼 부서 내 간호사들 사이에서도 환자의 회복 경과는 초미의 관심사였다. 다행히 항생제를 며칠 투여한 뒤 열과 염증 수치가 많이 호전되어, 환자는 물과 미음 섭취를 시작했고 컨디션이 호전되면서 죽도 먹을 수 있는 상태가 되었다. 이후 정신건강의학과에서 권고했던 경구약을 복용하고서부터는 섬망 증세도 점차 호전되고 있었다. 아니, 호전된다고 생각했다.

그날 이브닝 인계를 받고 밤 9시 마지막 라운딩을 갈 때까지 장판수 환자는 오후 내내 굉장히 안정적인 컨디션을 보였다. 지남력(시간, 장소, 상황, 환경 등을 인식하는 능력)에 관한 질문에도 "여기 병원이잖아. 나 빨리 치료받아서 겨울 오기 전에 마누라랑 시골 가야돼. 빨리 나아야지"라며 치료 의지도 보였다. 저녁 식사로 나온 죽도 과식하지 않고 3분의 1 정도를 비웠다. 식사 후에는 보호자와 함께 걸어 나와서 간호사실에 인사하는 여유도 보였다. 그런데 문제는 예상하지 못한 곳에서 일어났다.

"장판수 환자 분 인계해드리겠습니다. 대장암으로 복강경 하저위전방절제술 및 장루형성술 받으신 지 8일째 되는 환자 분으로…."

시간은 밤 10시를 향해갔다. 나는 나이트 근무 선생님에게 인수인계를 하던 참이었다. 때마침 장판수 환자가 간호사 스테이션 앞을 지나갔다. 자연스레 환자와 내 눈이 마주쳤고, 나는 고개를 끄덕이며 미소를 건넸다.

그때 알아차렸어야 했다. 오후 내내 짓던 평온한 표정과는 다르게 어딘가 굳어 있던 표정을. 무언가 쓸쓸해 보이며 허공을 응시하던 눈빛이 분명 평소와 달랐음을.

"어휴, 오늘도 힘든 하루였다. 빨리 차팅(간호기록)하고 집에 가야지…."

나는 액팅을 마치고 한숨을 한번 쉬고는 차팅을 마무리하고 있었다.

"창현아, 혹시 장판수 환자 분 못 봤어?"

나이트번 선생님이 주위를 두리번거리며 나에게 물었다.

"네. 아까 인계 타임에 간호사실 앞에서 보고 못 뵈었는데요? 자리에 안 계세요?"

"응, 자리에 안 계시네. 배우자 분도 잠깐 씻으러 다녀오셨다고 못 보셨다는데…."

순간 나는 무언가 불안한 느낌이 들었다.

"선생님은 일단 라운딩 도시는 게 좋겠어요. 제가 한번 찾아볼게요. 장판수 님! 장판수 님 계세요?"

나는 14층 전체를 돌아다니며 장판수 환자를 찾아다녔다. 하지만 엘리베이터 앞 소파에도, 휴게실에도, 샤워실에도, 공용 화장실에도 환자는 없었다. 내 마음은 점점 더 무거워져만 갔다.

"일단 보안팀에 연락하고, 필요하면 CCTV 돌려보러 가야겠다. 14층엔 안 계신 것 같아."

나이트 선생님과 내가 내린 결론이었다. 판단은 신중하게, 행동은 신속하게. 환자 찾는 방송도 불가능한 밤 11시에, 이 넓은 병원에서 어디 가서 환자를 찾는단 말인가. 너무 막막했다.

어디 가시는지 물어볼걸. 당연히 화장실에 가거나 운동하는 거라고 넘긴 나 자신이 미웠다. 보통 환자도 아니고, 섬망 증세가 있는 환자인데. 옆에 보호자도 없었는데. 무심코 지나쳤던 일이 너무 후회됐다.

하지만 이제 와서 후회하면 무엇하랴. 이미 환자는 자리에 없는 것을. 보안팀 직원에게도 환자 인상착의와 마지막으로 병동에서 발견된 시간 등을 알리고, 함께 찾아볼 것을 부탁했다.

불 꺼진 외래는 어두컴컴해서 아무것도 보이지 않았다. 다만 비상등만이 홀로 텅 빈 복도를 비출 뿐이었다. 본관 연결 통로까지 둘러보았으나 어디에도 장판수 환자는 없었다. 1층 안내 직원은 환자복을 입고 밖에 나간 사람은 없다고 했다. 그렇다면 병원 내 어딘가에 있다는 뜻이었다. 도대체 수액 폴대와 소변줄을 가지고 이 밤에 어디로 사라졌단 말인가.

결국 아무 단서도 찾지 못한 채 자정을 넘겼다. 나이트 선생님과 내가 서로 한숨을 내쉬며 아무래도 CCTV를 돌려보러 가봐야겠다고 얘기하던 찰나, 병동 전화기가 울렸다.

"여보세요? 네, 네. 맞습니다. 네? 왜 거기? 네네, 감사합니다."

수화기를 내려놓는 나이트 선생님의 표정에서 안도감과 황당함을 동시에 느낄 수 있었다.

"장판수 환자 찾았대요?"

"응, 찾았대. 잠시만."

그러고는 나이트 선생님은 보안팀 직원에게 전화를 걸었다.

"네, 선생님. 아까 그 환자 분… 지금 심장혈관병원 ○층 중재실 ○○번 방 앞에 계신다고 하거든요? 병동으로 좀 모시고 와주시면 감사하겠습니다. 부탁드립니다."

그 말을 들은 내 표정도 나이트 선생님과 다르지 않았다.

우리 병원은 규모가 큰 편이라 건물이 여러 개로 나뉘어 있다. 암병원, 본관, 어린이병원, 심장혈관병원 등. 건물 밖에 나가지 않고도 내부 연결 통로를 통해 원내 거의 모든 곳에 갈 수 있다. 그만큼 길이 복잡하기 때문에 병원에서 오래 근무한 직원도 본인이 다녀본 길이 아니면 쉽게 헷갈리곤 한다. 그런데 이 새벽에, 병원 내부 지리도 잘 모르는 환자가 암병원 14층에서 심장혈관병원 중재실까지 수액 폴대와 소변줄을 가지고 걸어갔다고 하니 이 얼마나 황당한 일인가.

나중에 알게 된 일이지만, 그 와중에 수액 폴대는 어딘가에 방치해두고, 소변줄을 명품 핸드백처럼 어깨에 메고 심장혈관병원 중재실 문을 두드리고는 그 안에 들어갔다고 한다. 당시 중재실 안에서 늦게까지 일하던 선생님이 너무 놀라 환자 팔찌를 확인하고 병동으로 연락을 한 것이었다.

얼마 지나지 않아 환자는 보안팀 직원과 함께 병동으로 무사히 돌아왔다. 다행히 활력징후는 모두 정상이었다. 환자는 이내 피곤하다며 바로 잠자리에 들었다. 무사 귀환을 확인한 배우자는 펑펑 울었다. 나도 안도의 한숨을 내쉬며 퇴근할 수 있었다.

내 머릿속의 지우개

그 사건이 있은 뒤 환자에게는 약간의 변화가 생겼다. 쉽게 화를 냈고 성격이 다소 날카롭고 예민해졌다. 배우자에게도 자주 신경질을 내고 잔소리를 해서 마찰을 빚는 일이 많아졌다. 또다시 보호자의 속은 타들어갔다. 옆에서 간호하는 우리 입장도 난처했다.

다행히 며칠간의 태풍 같던 시간도 결국 전반적인 컨디션 호전과 함께 잠잠해졌다. 식사를 충분히 하고, 소변줄을 빼고 스스로 소변을 잘 보기 시작하자 환자의 짜증도 줄어들었다. 배우자의 얼굴에 웃음도 피어났다.

휴무를 마치고 돌아온 어느 날이었다. 인계받던 중 부서 내 환자 명단에 장판수 환자가 없었다.

"어, 선생님. 장판수 환자 분 퇴원하셨어요?"

"응. 오늘 집에 가셨어. 배우자 분이랑 웃으면서 퇴원하셨어. 근데 말이야, 어젯밤에 갑자기 배우자 분을 불러서 그러셨대. 수술 직후의 기억이 하나도 안 난다고. 내가 몸이 너무 힘들고 괴로워서 뭐가 뭐였는지 하나도 모르겠다고. 근데 당신 얼굴을 보니 내가 너무 고생을 시킨 것 같아서 미안하다고. 정말 미안하다고…. 참회의 눈물을 흘리셨다고 하더라고. 그래서 어제 병실이 울음바다가 됐었다나? 그래도 오늘 퇴원하실 때는 간호사실에 그동안 잘 보살펴줘서 정말 감사하다고, 거듭 인사하고 가셨어. 최근에 만났던 환자분들 중 가장 힘들었던 것 같아. 대신 가장 보람 있었던 환자 분인 것 같기도 해."

병동에서 남자 간호사로서 근무하면, 왜 응급실이나 중환자실과 같은 특수 부서에 가지 않고 병동 근무를 하냐고 묻는 사람이 많다. 환자와 보호자 응대하기 어렵지 않느냐, 여러 일이 동시다발적으로 일어나면 처리하기 힘들지 않느냐고 묻는다. 물론 환자와 보호자를 '최전선'에서 응대하는 부서가 병동이기 때문에 처음에는 좌절도 하고 울기도 많이 울었다. 근무하는 게 너무 싫어 놓아버리고 싶을 때도 있었다.

그렇지만 환자와 보호자 분들께 "그동안 잘 돌봐주셔서 정말 감사했어요. 덕분에 치료 잘 받고 갑니다" "보기와는 다르게, 여자 선생님들보다 더 섬세하고 배려심이 깊으세요" "선생님의 긍정 에너지와 친절함 덕분에 병원 생활 하면서도 불안하지 않고 든든한 기분이 들어 좋았어요. 고맙습니다"와 같은 말씀을 들을 때면, 힘든 기억이 저절로 사라진다. 내 진심이 그분들에게 오롯이 닿았다는 뜻이니까.

나는 오늘도 진심을 다해 근무한다.

아무나 될 수 있는, 아무나 할 수 없는

입원간호2팀 82병동파트 박준용

병원놀이하다가

부모님은 어린 시절 내가 병원놀이를 유독 많이 했다고 한다. 학
창 시절에도 병원에서 일하는 사람이 되고 싶다고 막연하게 생각
했다. 그런데 정작 '남자 간호사'라는 선입견에 사로잡혀 결국 공
대에 진학했다.

당연히 학업에 흥미를 느끼지 못했다. 방황하며 적성을 찾기 위
해 여러 일을 했다. 그러다 서울에 있는 한 병원 내시경실에서 일
할 기회가 있었다. 그때 처음으로 가까이서 '간호사의 일'을 접할
수 있었다.

간호는 아무나 쉽게 할 수 없는 영역으로 보였다. 그래서였을까, 간호사 선생님들을 지켜보는 동안 간호사가 되겠다는 마음이 확고해졌다. 결국 길을 돌아가 간호학과에 다시 진학했다.

스스로 선택한 전공이기 때문이었을까, 전공 수업이 무척 흥미로웠다. 학업과 임상 실습 모두 최선을 다해 임했다. 특히 임상 실습 때 사례연구를 하며 내가 담당 간호사라면 어떻게 중재했을지 고민한 시간이 훗날 간호사로 일하면서 많이 도움됐다. 간호사는 '왜?'라는 의문을 항상 가지고 사안을 늘 비판적으로 바라보고 생각해야 했다.

사실, 여자가 절대적 다수인 임상에서 '남자' 간호사로 자리 잡기가 쉽지 않았다. 행동 하나 말 한마디 조심스러울 수밖에 없었다. '청일점'이라 작은 일에도 크게 화제가 될 수 있기 때문이다. 덤벙대는 성격 탓에 나는 특히 더 신경을 써야 했다.

신입 간호사 시절에는 매일 모르는 것을 찾아 공부했다. 온전한 내 지식으로 만들기 위해 부단히 노력했다. 매사에 적극적이고 꼼꼼하면서 섬세하려고 신경을 쓰고 적당한 긴장감을 유지한다면 누구나 자기 몫을 해낼 수 있는 간호사가 될 수 있다.

현재 우리나라의 남자 간호사 비율은 크게 높아졌다. 앞으로도 남자 간호사가 많이 배출될 것이다. 과거 특수 파트에만 국한되어 배치되던 남자 간호사가 이제는 일반 병동으로도 발령받는다. 다양한 자리에서 여느 간호사와 다름없이 제 역할을 해내고 있다.

특히 신촌세브란스병원은 남자 간호사가 전국에서 가장 많다. 남자 파트장도 있다. 수많은 선생님이 대학원에 진학해 자신을 갈고 닦는다. 병원에 남자간호사회 모임이 활성화되어 있어 서로 봉사 활동과 취미 활동을 즐기고 나누며 고충이나 정보를 공유한다. 신규 간호사가 견딜 수 있도록, 성장해나갈 수 있도록 멘토·멘티 프로그램을 마련해 직장에 잘 적응할 수 있도록 돕는다.

독립

신촌세브란스병원 신경외과는 분과별로 다양한 병동과 독립적인 신경계중환자실을 갖추고 있는데 뇌, 척추, 뇌혈관, 정위 기능, 소아신경외과, 신경계중환자 파트로 나뉘어 있다. 내가 근무하는 82병동은 척추신경외과가 주된 병동이다.

척추신경외과 병동이지만 다양한 경우의 신경외과 환자가 입원한다. 음압병실도 두 병상을 운영하는 터라 여러 내과 환자도 입원한다. 외과병동이지만 내과 환자들이 항상 있는 병동인 데다 주말이면 종종 항암치료를 받는 환자들이 입원하기 때문에 항암요법 지식도 배울 수 있다.

기본적으로는 외과병동이기 때문에 수술과 입퇴원이 무척 빠르다. 특히 이브닝 근무 때 입원 환자, 수술 환자, 신경계중환자실에서 전실 오는 환자를 받으면 시간이 부족할 만큼 정신이 없다. 타 부서와 다르게 환자와 보호자와 함께 소통하고 알맞게 교육하여 입원부터 퇴원까지 전 과정을 수행하는 부서인 셈이다.

척추신경외과에서 다루는 대표 질환으로는 척수종양, 척수손상, 요통과 방사통이다. 그 외에도 뇌종양 환자들이 수술적 치료를 받기 위해 입원하기도 한다.

독립 전 교육 기간 동안 신경학적인 상태 변화를 확인하는 일과 이를 습관으로 만드는 것이 매우 중요했다. 환자 확인, 정맥주사 부위 확인 및 수액 확인, 수술 부위 확인, 배액관 관리, 도뇨관 등 가지고 있는 모든 관의 배액 상태 확인, 통증 사정, 피부 사정, 욕창 사정, 영양 상태, 배설 상태, 수면 상태 등 정말 환자의 머리부터 발끝까지 다 직접 자신의 눈으로 확인하고 평가해 적절하게 중재해야 한다.

나는 처음 162병동 비뇨의학과에 발령받았는데 독립 1주일을 앞두고 갑자기 신경외과로 부서를 옮기게 되었다. 신경계질환 대상자들의 특성상 정신 상태, 의식 수준, 동공 반응과 크기 사정, 근력운동 사정 등 신경학적 증상을 관찰하고 사정해 평가하는 일이 매우 중요했다.

직접 환자를 사정하여 평가하고 문제가 있다면 의사에게 알리고 중재해야 한다. 처음에는 신경계 환자를 사정하는 일에 자신감이 부족했다. 직접 사정하여 판단한 것을 토대로 환자의 변화를 예측하고 그에 따른 적절한 간호 중재를 하는 능력은 "아는 만큼 보인다"는 말처럼 정말 그러했다. 간호사는 확신을 가지고 알고 있어야 환자 상태를 예측하고 즉각 중재할 수 있다.

내가 처음으로 독립한 날은 잊을 수가 없다. 출근 전날부터 긴장되고 무척 떨려서 잠도 제대로 못 자고 출근했다. 당시 내 담당 환자는 총 아홉 명이었다. 한 환자는 흡인성폐렴으로 응급실에서 올라온 환자였다. 산소포화도가 70퍼센트로 떨어진 상태였다. 다른 환자는 뇌출혈로 갑자기 의식 수준이 변화되어 혼미stupor 상황이었다.

동시에 중환자 두 명을 맡게 되니 무엇을 해야 할지, 무엇이 최우선 순위인지 판단도 서지 않았다. 다른 선생님들이 도와주었지만 정말 내 몸이 두 개, 세 개였으면 좋겠다는 생각이 들었다.

중환자들을 정리하고 나머지 환자들 라운딩을 뒤늦게 돌 때였다. 나도 모르게 눈물이 왈칵 나왔다. 독립 첫날부터 중환자를 맡은 부담감과 서러움이 얽혀 두려웠다.

2020년 코로나 상황이 심화되어 수많은 환자가 발생했다. 인력이 모자랐을 뿐 아니라, 격리 병동도 절실하게 필요한 상황이었다.

우리 병원에서도 감염 병동을 새로 만들었다. 병원에서는 인력을 보충하기 위해 파견을 지원받는다는 공지를 올렸다. 도움의 손길이 필요한 데다 중환자 간호를 해볼 수 있다는 기회라고 생각했다. 이내 선뜻 파견에 지원했다.

격리된 구역에서 방호복을 입고 숨이 턱 막히는 N95 마스크를 끼고 간호하면 한겨울임에도 불구하고 어느새 유니폼은 한증막이 되었다. 온몸이 땀으로 범벅이었다. 두 시간씩 교대로 격리구역에 들어갔다. 시간은 눈코 뜰 새 없는 가운데 금세 지나갔고 두 시간 뒤 모든 의료인이 탈진한 상태로 격리구역에서 나왔다.

한편으로는 중환자 간호에 대한 갈망이 있었던 나는 그곳에서 인공호흡기, 신대체요법, 체외막산소요법 등 중환자 간호에 대한 많은 술기와 간호를 터득하고 배우며 시야를 넓힐 수 있었다.

코로나 병동에 파견 지원을 하면서 지치고 힘든 순간도 많았다. 언제까지 이런 나날을 보내야 할까 싶었다. '과연 끝은 있을까'라는 생각을 하기도 했다. 그런 가운데에도 간호사를 비롯한 수많은 의료인이 자리를 지킨 덕분에 코로나로부터 환자들을 지킬 수 있었다고 생각한다. 코로나 감염 환자를 돌보겠다는 숙명 하나로 각각 다른 부서에서 모인 그들이 이 시대의 영웅 같았다.

어디서 어떻게 감염되었는지 정확히 알 수도 없는 수많은 환자가 코로나 병동을 거쳐갔다. 회복해 퇴원하기도 했고, 일반 병동으로 옮겨지기도 했으며, 임종을 맞이하기도 했다. 명확한 치료법이 없는 코로나 환자들을 간호하는 동안 작은 바이러스 앞에 무력해지는 인간이 더욱 작은 존재인 것만 같았다.

무엇보다 환자들이 보호자와 떨어져서 가족의 품이 아닌 격리된 병상에서 홀로 사경을 헤매다가 마지막 순간을 혼자 맞이해야 할 때 참으로 마음 아팠다. 10분 남짓 영상통화로 임종 면회를 해야 하는 격리 부서의 특성상 환자와 가족이 작은 손길도 서로 나누지 못한 채 "고마웠다" "사랑한다"라는 말로 마지막을 전했다.

살아갈 용기

기억에 남는 젊은 환자가 있다. 신장암 탓에 비뇨의학과에서 신장절제술을 하고 퇴원했지만, 대소변 장애와 하지의 근력 저하 때문에 응급실을 통해 입원한 환자 분이었다.

암이 뇌, 척수, 폐로 이미 전이되어 있었다. 척수종양이 척수신경을 압박해 대소변과 운동 장애를 일으켰다. 게다가 통증까지 심해 척추종양제거술을 해야 했다. 수술한 뒤에도 환자는 하지 근력이 떨어져 워커(보행 보조 기구)를 잡고 서 있는 것조차 매우 힘들어했다.

어느 날 라운딩을 돌 때였다. 전화기 너머로 환자의 어린 아들이 보호자(환자의 아내)에게 투정 부리는 소리가 들려왔다. 어린 아들은 아빠의 상태를 알 수 없었을 것이다. 통화가 끝나고 보호자는 병실 앞에 나와 쪼그려 앉아 하염없이 울었다. 차마 남편 앞에서는 눈물을 보일 수 없었던 모양이었다.

나는 보호자에게 다가갔다. 괜찮아지실 것이다, 재활의학과 협진 처방도 났으니 빨리 재활 치료를 하는 게 중요하다고 설명했다. 보호자는 나에게 모든 것이 단 2주 만에 생긴 일이라며 더욱 서럽게 울었다. 2주 전 신장암 수술을 받았지만 그사이 암이 전이되어 하루아침에 한 가장이 무너진 상황이었다. 서울에 연고도 없었다. 남편이 불쌍하고 자기도 너무 힘들다고 했다.

내가 할 수 있는 일은 짧게나마 이야기를 듣고 손을 내밀어 작은 위로와 용기를 드리는 것이 전부였다.

퇴근한 뒤에 많은 생각이 들었다. 어린 아들이 있는, 한 가정을 책임져야 할 무거운 짐을 진 가장이라는 사실을 잊은 채, 나는 환자를 그저 다발성전이종양 환자로만 생각한 것이 아니었을까.

다음 날 출근해 환자의 재활 치료가 본격적으로 시작되기 전, 근력 저하 탓에 근육이 위축될 것을 우려해 환자를 일으켜 워커에 세웠다. 10분 지나 다시 앉혔고, 30분을 반복했다. 그러다가 나는 오프(휴무)에 들어갔다.

짧은 오프에서 돌아오니 그 환자는 종양내과로 전동되었다. 보호자는 나에게 편지 한 통을 남겼다. 그 편지는 나에게 큰 깨달음을 주었다. 내 작은 위로와 관심이 누군가에게 살아갈 용기가 되었나 보다. 간호사는 아무나 될 수 있지만, 결코 아무나 할 수 있는 직업이 아님을 배웠다.

Image by rawpixel.com on Freepik

하루를 돌아보는 시간이 필요할 뿐

입원간호1팀 142병동파트 엄군태

알 수 없는 끌림

공대를 목표로 공부했던 나는 수능을 보기 전까지도 남자 간호사라는 선택지는 생각도 안 했었다. 친구들도 내가 간호사가 될 거라곤 생각도 못 했기 때문에 훗날 많이 놀라워했다.

사실 나도, 부모님도 그랬다. 연결 고리라고는 대학 진학 전 해본 여러 적성검사에서 '간호사'가 나왔다는 점뿐이었다. 지금 돌이켜보면 취업 스트레스가 덜하고 연봉이 어느 정도 보장된다는 점이 당시 내 선택에 주요하게 작용했던 것 같다.

지금에서야 드는 생각이지만, 그 당시에는 공대라는 목표가 절실하지도 구체적이지도 않았다. 목적 없는 막연한 목표가 아니었나 싶다. 아무튼 나는 수능 후에 '알 수 없는 끌림'으로 간호대를 지원했고 덜컥 붙어버렸다.

얼떨결에 붙은 간호대에 다녔으나 학업에는 영 흥미가 없었다. 남들 다 다녀오는 군대도 간호장교에 지원한다는 핑계로 머뭇거리면서 4년이란 시간을 방황했다. 학업이 적성에 맞지 않았던 이유도 있었지만, 남중 남고만 다니다가 여학생들 사이에 있으려니 모든 것이 어색하고 맞지 않는 느낌이었다.

그나마 다행스럽게도 실습교육 중에 하는 현장 업무가 나에게 잘 맞았다. 환자와 의료진이 정신없이 어우러지는 병원 현장에 나는 흥미를 느꼈다. 이때 나는 응급실 근무를 동경했다. 그리고 당연히 그렇게 될 줄로만 알았다. 그런데 내 희망과는 달리 '이식외과병동'에 배정되었다.

원하는 부서에 가지 못했다는 실망감은 생각보다 크진 않았다. 다만 이식외과가 나에겐 워낙 생소한 곳이라 '뭐하는 곳일까'라는 막연한 불안감과 기대감이 공존했다.

환자들에게도 왜 남자 간호사가 되었냐는 질문을 많이 받는다. 곰곰이 생각해보아도 나도 잘 모르겠다. 어쩌다 보니 한 부서에서 6년째 간호사로 일하고 있다. 게다가 지금까지 별 트러블 없이 일하고 있는 걸 보면 적성검사가 틀리진 않나 보다.

어쩌다 남자 간호사

병동에는 대체로 남자 간호사가 적다. 그러다 보니 이벤트가 발생하면 남자 간호사가 주목받을 때가 있다. 무거운 물건을 옮길 때라든가, 병동 내 소란이 있을 때에는 남자 간호사가 자연스럽게 소환된다. 병동에서 환자 사이에 소란이 생길 때 안전요원이 없더라도 남자 간호사가 있으면 중재에 도움이 된다. 낙상하거나 체위 변경이 필요한 환자들 같은 경우에는 남자 간호사의 도움이 필수다. 어떤 환자들은 내가 근무에 나올 때까지 기다렸다가 체위 변경을 부탁하기도 한다.

반면 실수나 잘못 또한 남자 간호사가 더 많이 눈에 띈다. 간혹 내 실수가 아닌데도 억울하게 지목되는 경우도 있지만, 이는 결국 성장하는 과정에서 발생하는 작은 해프닝일 뿐이다.

남자 간호사는 환자들과 좋은 관계를 유지하면 출근과 동시에 '인기'를 실감할 수 있다는 장점이 있다. 두 달 가까이 파견 나가 있어 병동을 비운 적이 있었다. 그때 환자들이 나를 많이 찾았다는 소식을 듣고는 파견 피로가 한번에 풀리는 기분이 들었다.

간호사 사회는 구성원 대다수가 여성이다 보니 내가 '남초' 사회에서 살아온 탓인지는 몰라도 환자와의 의사소통보다 의료진끼리의 의사소통이 더 어렵다고 느껴질 때가 있었다. 매일 인수인계를 하는 일의 특성상 간혹 서로 오해가 생길 때도 많다. 이럴 경우 단둘이 친밀한 대화로 해결할 수 있는 일도 비교적 어렵게 느껴지기도 한다.

하지만 남자 간호사의 수는 매해 늘어난다. 물론 전체 간호사 수를 놓고 봤을 때 여전히 그 수가 적은 편이기는 하다. 어떤 면에서는 남자 간호사의 비전을 논하는 건 군대에서 여군의 비전을 논하는 것과 비슷하다는 생각도 든다. 부서에 남자 간호사가 많을 수도 있고 혼자일 수도 있겠지만, 이에 개의치 않고 자신의 역량을 마음껏 펼치는 게 중요하다.

현장에서 남자 간호사는 존재감이 여전히 미미하다. 하지만 생각보다 다양한 곳에서 조용히 힘쓰고 있다. 현장을 겁내지 말고 당당하게 현장에 들어와서 다 같이 비전을 개척했으면 좋겠다.

나는 '내가 어쩌다 간호사가 되었을까?'라는 물음표로 이 일을 시작했다. 간호사로서의 사명감도 없었지만 군대를 전역한 뒤 부랴부랴 일을 시작한 터라, 아직도 처음 출근했을 때의 당혹스러움과 약품 냄새, 하염없이 막막한 분위기 등이 생생하게 떠오른다.

대학 시절 공부를 성실하게 하지도 않았고, 대학을 졸업한 다음 군대를 다녀왔으니 나는 '백지' 그 자체였다. 거기에 하필 내 프리셉터는 그런 나를 좋게 보지 않던 학교 선배였다. 좋은 상황이 아니었지만 할 수 있는 일이라고는 그저 열심히 움직이며 배우는 것밖에 없었다.

다행히 나는 모르는 것에 대한 부끄러움이 없다. 그래서 묻고 또 물었다. 물론 "아직도 이것도 몰라"라는 핀잔을 듣곤 했지만, 서서히 백지를 채워가면서 술기들을 한 번이라도 더 보려고 선배들을 졸졸 따라다녔다.

갓 전역한 때라 무엇이든 할 수 있을 것만 같았다. 그런데 병원 일을 배운다는 것은 생각보다 장벽이 높았다. 퇴근한 뒤에도 공부를 꾸준히 했음에도, 알면 알수록 더 바보가 되는 느낌이 들었다. 공부는 공부대로 업무는 업무대로 했지만, 환자들은 시도 때도 없이 아프기 때문에 병동 업무 여덟 시간만 근무하고 나면 정말로 기력이 쏙 빠졌다.

그 무렵 입사 동기들이 하나둘씩 병원을 떠났다. 퇴근해 지쳐 있는 나 자신을 보고 있으면 스스로도 측은한 마음이 들었다. 병원을 그만두고 싶다는 생각이 많이 들었다. 스트레스를 푸는 방법에는 저마다 노하우가 있겠지만, 나는 퇴근한 뒤 병원 업무와 나의 생활을 완전하게 분리하는 연습을 해야 했다.

신규 시절에는 친구들과 놀다가도 깜빡 잊고 하지 못한 병원 일이 머릿속에 계속 맴돌아 마음 한구석이 늘 불편했다. 입사 후 2년 정도는 그랬던 것 같다. 아마 남들보다 꼼꼼하지 못한 성격 때문인 듯하다.

결국 귀찮지만 메모하는 습관을 조금씩 길렀다. 실수를 개선하려고 많이 노력했다. 장점과 단점은 사람마다 다르기 때문에 '저 사람은 잘하는데 왜 나는 못할까'라는 자책감을 느끼거나 조바심을 낼 필요는 없었다. 다만 나는 나의 하루를 되돌아보는 시간이 필요했다.

이식외과에 '이식'된 간호사

나는 이식외과 근무 6년 차다. 정형외과, 신경외과 등 메이저 과에 비해서는 일반인에게 생소할지도 모르겠다. 입사할 때 응급실을 지원했지만 내가 바라는 대로 되진 않았다.

이식외과는 말 그대로 장기를 이식하는 곳이다. 일을 시작했을 때만 해도 장기이식이 가능하다는 걸 모르는 사람이 참 많았다. 나도 그중 하나였다.

세브란스 이식외과는 신장이식과 간이식을 메인으로한다. 췌장이식도 가끔 하지만 비중이 크지 않다. 폐이식은 흉부외과, 심장이식은 심혈관외과에서 담당하기 때문에 내가 간호하는 환자들은 신장이식과 간이식 환자가 대부분이다.

이식외과의 가장 큰 특징은 모든 환자가 면역억제제라는 약을 복용한다는 점이다. 신체에 타인의 장기가 이식되면 면역거부반응이 생긴다. 면역억제제는 이 반응을 방해하여 타인의 장기가 활동하게 해준다. 이식환자에게는 생명줄과 다름없는 셈이다. 당연히 약을 복용하지 않는다면 면역거부반응이 일어나 치료받아야 한다. 그렇기 때문에 입원 환자들이 면역억제제를 복용했는지 안 했는지를 일일이 체크하는 일이 필수다.

장기공여는 생체공여(가족) 혹은 뇌사자공여(국립장기조직혈액관리원KONOS 승인)가 있다. 생체공여인 경우에는 KONOS에 승인받은 후 스케줄을 잡아 수술할 수 있지만, 뇌사자공여인 경우 대기 기간이 5~10년 정도 걸린다. 생체이식과는 달리 스케줄을 알 수 없으므로 보통 대상자가 되었을 때 응급수술로 이식한다. 병동에서는 기존 수술 외에 뇌사자 장기이식이 발생하게 될 경우 응급수술에 들어가야 하기 때문에 의료진 모두에게 부담과 긴장감이 늘 존재한다.

장기부전으로 투병하는 환자에게 타인의 건강한 장기를 이식하여 새로운 삶을 살게 하는 것은 의학을 공부하지 않았더라도 매우 이상적이고 멋진 의술이다. 다른 외과에 비해 인지도도 낮고 일은 힘든 편이지만 일하면 할수록 빠져드는 과이기도 하다. 다른 병원에서 수술이 어려운 케이스까지 성공해내는 의료진과 함께 일하고 있다는 사실이, 가끔 실감 나지 않는 순간도 있다. 그 정도로 비현실적일 때가 있다. 비록 일이 쉽지는 않지만 자부심을 갖기에 충분한 부서라고 생각한다.

코로나 의료 파견

2020년 3월 대구가 코로나의 공포로 물들어 갈 때쯤 우연한 계기로 병원에서 대구 동산의료원으로 코로나 의료 지원을 가게 됐다. 나도 그 팀에 덜컥 지원했다.

나는 왠지 코로나에 걸릴 것 같지 않았다. 걸려도 금방 회복할 것 같았다. 또, 당시 간호사 5년 차로서 병동의 여러 일에 염증을 느낄 때였다. 거기에다가 그동안 대체로 도움을 받고 살았는데 이때 아니면 내가 언제 도움이 되겠느냐는 생각이 들어 반충동적으로 지원했다.

운이 좋게 나는 1차 파견팀에 선발됐다. 파견 소식을 들은 주변 사람들과 가족들이 많이 만류했지만 부모님은 내 선택을 존중해 주셨다.

병원에서 간단하게 브리핑을 들은 뒤 파견팀과 함께 대구로 출발했다. 거리에는 문이 닫힌 상점과 드물게 지나다니는 행인이 대구의 을씨년스러운 분위기를 대변했다.

동산의료원의 환자들은 모두 코로나 확진자가 된 지 오래였다. 당시까지만 해도 우리는 '말로만 듣던' 코로나 확진자를 그곳에서 마주할 수 있었다.

근무 형식은 일반 듀티Duty(근무)와 마찬가지로 여덟 시간 근무였다. 다만 '휴식-근무-휴식-근무' 패턴을 두 시간씩 반복했다. 바이러스에 대한 노출을 최대한 줄이려는 방책이었다.

나는 그곳에서 중환자실에 배치됐다. 지금까지 병동 간호사로 일해왔기 때문에 중환자실에서 근무한다는 사실이 너무 부담돼 거절하고 싶었다. 하지만 당시 중환자실 인력이 부족했기 때문에 거절할 수 없는 상황이었다. 이왕 하게 된 거 열심히 공부해서 좋은 모습을 보여주고 싶었다.

중환자실은 제대로 정리되지 않아 물품이 이곳저곳에 굴러다녔다. 급하게 만든 음압격리실은 당시의 다급함이 그대로 보일 정도였다. 의료진과 대화를 나눌 수 있는 경증환자도 있는 반면, 에크모와 지속적신대체요법의 도움을 받는 환자도 있었기 때문에 중증도가 꽤나 높은 편이었다.

처음 보는 장비들과 물품들은 너무 어색했을뿐더러 다루는 법도 몰라 답답했다. 휴식 시간이나 퇴근 후 다른 간호사들에게 부탁해 도움을 받고 공부하는 방법 말곤 없었다.

게다가 레벨D 방호복을 입고 일하기 때문에 움직임에 상당한 제약이 있었고 시야도 매우 좁았다. 간단하게 하던 정맥주사와 수액 연결도 어설퍼지게 마련이었다.

일주일 정도 공부하며 적응하는 사이 원래 일하기로 했던 2주가 금방 지나갔다. 동산의료원은 대부분 파견 인력이 투입되다 보니 근무 기간이 짧았다. 이제 막 적응했는데 돌아가자니 아쉬운 참이었다. 마침 파견팀에 생각이 같은 동료가 있어 2주 더 근무할 수 있었다.

대구에서의 4주라는 시간 동안 많은 것을 보고 배울 수 있었다. 휴가를 내서 봉사하러 온 시민, 매일 도시락과 커피를 보내오는 자영업자 등 뉴스에서 보던 '따뜻한 소식'들은 현장에서는 어떠한 말로도 표현할 수가 없는 '감사함'과 '숭고함' 자체였다.

나는 도움이 되고자 해서 갔지만 결국 그곳에서도 도움을 받고 온 느낌이 들었다. 4주라는 시간은 삶에 대한 태도를 다듬을 수 있는 소중한 기회였다.

나는 평소에도 너스레가 좋다는 말을 자주 듣는 편이다. 이게 병원 일을 하는 데에 있어 장점인지 단점인지는 모르겠지만 지금까지는 장점에 가깝다는 느낌이 든다. 이런 내 성격 덕분에 환자 분들과 라포를 금방 잘 쌓는 편이라 다른 동료에 비해서 업무가 수월할 때가 있다.

비록 간단한 인사와 안부지만 환자나 보호자와 대화하다 보면 경직된 기분이 풀리는 느낌이 든다. 퇴원할 때까지 친구 혹은 삼촌, 이모처럼 반갑게 나누는 인사가 나는 싫지 않다.

하지만 입원한 모든 환자가 건강하게 퇴원하는 것은 아니다. 그래서 때로는 가슴 아픈 상황을 맞이해야 하는 경우가 있다. 상태가 악화되어 병동에서 중환자실로 전실해야 하는 경우, 보호자들의 슬픔과 아픔을 그동안 쌓아놓은 관계만큼 함께 느낄 수밖에 없다. 남남이라 할지라도 그럴 때면 마음이 무겁다.

실수가 많고 일에 서툴렀던 신규 시절이었다. "채혈을 왜 이렇게 아프게 해요?", "주사약 다 들어가서 떼달라고 한지가 언제인데 왜 안 떼어줘요?" 등 환자들의 잔소리를 들어가며 여느 때와 다름없이 라운딩하고 있었다. 환자들은 그런 내 모습이 꽤나 불안했는지 긴장하는 모습을 보이기도 했다. 일이 많은 건지 내가 느린 건지 모르겠지만, 늘 그렇게 나 혼자 사투를 벌여왔다.

그날은 일을 시작한 지 다섯 시간 만에 겨우 시간이 나 정수기 앞에서 물을 한잔 들이켰다. 너무 시원해서 맥주 광고에서처럼 나도 모르게 "캬~" 하는 소리가 크게 나왔다. 그 모습을 본 남자 환자 한 분이 크게 웃었다. 멋쩍은 상황이었지만 그분은 일 시작하면 다들 그렇게 된다며 밥을 꼭 챙겨 먹으라고, 늘 밝은 모습에 힘을 얻는다며 나를 위로했다.

감사한 마음이 들어 그분과 이런저런 대화를 나누었다. 그분은 고등학교 선생님인데 나를 보면 자신이 가르치는 학생들이 생각나서 기특하면서도 안타까운 마음이 든다고 했다. 짧은 대화였지만 그분의 진심 어린 조언이 가슴 깊이 닿았다.

그분은 이후에도 약물 치료를 위해 입퇴원을 반복했다. 그럴 때마다 나에게 늘 밝은 표정으로 인사를 건넸다.

3년 정도 지났을까 나도 이젠 신규 딱지를 뗀 지 오래였다. 어엿한 병동 구성원으로 일하던 어느 날이었다. 오랜만에 그 환자 분을 만났다. 그런데 예전처럼 반갑게 인사할 힘이 없을 정도로 기력이 많이 약해져 있었다. 이전처럼 치료를 받았지만 차도가 없었고 결국 3개월 치료 끝에 임종을 앞두고 있었다.

내 성장을 지켜봐 주고 응원해준 분이 그렇게 힘들게 투병하고 있었다는 사실이 너무 가슴 아팠다. 그분은 결국 가족과 의료진이 보는 앞에서 임종했다. 나는 슬픈 감정을 애써 드러내지 않으려고 담담한 체하며 고인을 보내드렸다.

보통 퇴근하면 병원에서 있었던 일들을 까맣게 잊어버리는 편인데, 거의 1년 가까이 그때의 상실감이 잊히지 않았다. 안 하던 운동까지 하면서 이겨내기 위해 노력했다.

이후에도 비슷한 일을 겪었지만, 즐겁고 밝았던 환자나 보호자가 임종하는 순간 감정이 무너져 울음을 터뜨릴 때는, 옆에서 정서적으로 지지해주어야 하는 간호사 입장이 참으로 가혹하다는 생각이 들기도 한다. 병원 곳곳에서 감정을 누르고 묵묵히 일하는 간호사들에게 박수를 보낸다.

누군가의 사랑이었을

장기이식센터 이식지원팀 유세웅

간절한 전화벨 소리를 들으며

만 4년간의 흉부외과중환자실 간호사로서의 여정을 마치고, 장기이식센터 이식지원팀으로 부서를 옮겼다.

흉부외과중환자실에서 환자들을 돌보면서 희로애락을 함께하고 보람도 많이 느끼며 일했기 때문에, 다른 부서의 모집 공고에 단 한 번도 가슴이 뛴 적이 없었다. 그러던 어느 날, 장기이식 코디네이터를 모집한다는 공고를 우연히 보았다. 담당하는 장기가 '심장'이라는 공고를 보는 순간 처음으로 내 가슴이 뛰었다.

사실 붙을 거라는 기대 없이 '덜컥' 지원했다. 그런데 '덜컥' 붙어버렸다. 듣기로는 우리 병원 내에서 남자 장기이식 코디네이터로 선발된 최초의 사례라고 했다. 합격 소식을 듣고는 설레기도 했고, 새로운 일을 앞둔 두려움도 느껴졌다.

흉부외과중환자실에서는 수술받은 환자들의 회복을 돕고 일반 병동으로 보내는 과정까지가 간호사로서의 내 임무였다. 반면 심장이식 코디네이터는 환자가 심장이식을 받기 전부터 환자와 '치료적 관계'를 맺기 시작해, 환자가 심장이식을 받고 나서도 일상을 건강하게 살아갈 수 있도록 돕는 것이 임무였다.

내가 일하는 이식지원팀에는 여러 장기이식 코디네이터가 근무한다. 장기이식 코디네이터들은 장기이식팀에 오기 전 수술실, 중환자실, 병동 등 여러 곳에서 경력을 쌓았다. 장기이식 코디네이터는 심장뿐 아니라, 폐, 간, 신장, 췌장 그리고 최근에는 수부(손·발 등) 이식까지 맡아 상담과 관리를 한다.

사무실에 일찍 도착한 날, 아직 근무 시간이 아닌데도 전화기가 계속 울리는 걸 보면 정말 간절하게 장기이식을 기다리면서 상담하고 싶어 하는 사람이 많이 있음을 느낀다. 아마 이곳에서 일하지 않았더라면 이 사실을 평생 모르고 살았을지도 모르겠다. 전화 수화기를 들 때, 이웃들의 아픔을 헤아려 할 수 있는 한 최대로 돕겠다고 마음을 다잡는다.

병원마다 장기이식을 대기하는 분들이 있다. 대기자마다 상태가 다르고, 기다린 기간도 다르다. 각 장기별로 정해진 기준에 따라 이식대기자의 점수가 매겨지고 순서가 정해진다.

예를 들어 뇌사장기 기증자가 생겼을 때 국립장기조직혈액관리원에서 여러 병원의 이식대기자 명단을 취합해 각 병원에 연락한다. 그러면 장기이식 코디네이터는 장기별 담당 의료진과 의사소통하면서 장기 수혜 여부를 조율한다. 각 병원별로 결정을 내리면 최종 수혜 예정자 명단이 확정된다. 이는 엄격하고 공정한 절차에 따라 수혜자를 선정하는 과정이다.

뇌사자 이식의 경우에는 뇌사 판정을 받은 기증자가 생겼다는 연락이 언제 올지 모른다. 그래서 평소에도 휴대폰 알람을 켜두고 연락받을 준비를 한다.

HOPO라는 용어가 있다. Hospital Organ Procurement Organization의 약자인데 '뇌사판정대상자관리전문기관'이라는 뜻이다. '장기등 이식에 관한 법률' 제19조 1항에 따르면 "국립장기이식관리기관의 장은 뇌사판정대상자에 대하여 장기등 기증, 뇌사판정, 장기등 적출·이식 등에 관한 일련의 업무를 통합하여 수행할 수 있는 뇌사판정대상자관리전문기관을 지정할 수 있다"라고 명시되어 있다.

내가 일하고 있는 세브란스병원은 HOPO이기 때문에 수혜 대기자 관련 업무뿐만 아니라 뇌사자 관리 업무도 담당한다.

뇌사란, 임상적으로 뇌 활동의 회복이 불가능하게 되어 정지된 상태를 말한다. 외부 자극에 전혀 반응이 없고, 자발호흡이 유지되지 않으며, 일곱 가지 뇌간 반사가 완전히 소실되는 것이 특징이다. 뇌사 환자의 장기는 타인에게 이식할 수 있다.

뇌사 상태에 빠진 환자의 사연을 접할 때면 나는 늘 가슴이 먹먹해지고 눈시울을 붉히게 된다. 하물며 가족들의 마음을 어떻게 다 헤아리고 어루만져줄 수 있을까. 말 한마디, 손동작 하나, 표정 하나를 조심하고 또 사려 깊게 하려고 노력할 뿐이다.

남겨진 이들은 충격과 슬픔의 강도를 주체할 수 없어 때로는 격앙된 감정을 표출한다. 한없이 울기도 한다. 어떤 말과 어떤 행동이 위로와 사랑으로 전해질 수 있을까 매번 고민해보지만 늘 생각의 한계에 부딪힌다. 그럴 때마다 나에게 이 세상에서 위로를 가장 잘하는 능력이 있었으면 좋겠다는 생각이 든다.

평소에는 수십 년간 심장이식을 담당한 심장내과 교수님과 함께 심장이식을 받기 전 대기하는 분들, 심장이식을 받고 회복 중인 분들, 심장이식을 받고 일상생활을 하는 분들의 상태를 확인한다.

놓치는 부분이 없는지, 상태를 호전시킬 방법이 없는지 의견을 나눈다. 함께 일해보기 전에는 엄격하고 무뚝뚝한 교수님인 줄만 알았는데, 환자의 경제적 상황·신체적 어려움·정서적 지지를 모두 고려해 가장 최선의 방법으로 접근하는 모습을 보면서 감명을 받기도 한다. 환자들을 위하는 따뜻한 마음을 가진 의료진과 함께 일할 수 있다는 사실에 감사함을 느낀다.

나는 시간이 날 때마다 병원에 입원한 이식대기자 분들과 이식을 받고 회복 중인 분들을 방문해 아픈 곳이 없는지, 감정적인 어려움이 없는지를 살핀다.

환자들에게 "지금 가장 어려운 게 무엇인가요?"라고 물을 때마다 공통으로 듣는 답변이 있다. 기다림이다. 기다리는 것이 이렇게 힘든 것인지 몰랐다는 어느 환자 분의 말을 듣고서 안타까운 마음을 숨길 수가 없었다.

기다림에는 두 가지가 있다. 기약이 있는 기다림과 기약이 없는 기다림이다. 기약이 있는 기다림은 끝이 있다는 점에서 희망을 가질 수 있고 동기부여도 받을 수 있다. 시험이 끝나는 날, 휴가, 사랑하는 사람과 만나는 약속 등이 그렇다. 반대로 기약이 없는 기다림은 사람을 지치게 만든다. 언제 합격할지 모르는 취업준비생들, 차도가 보이지 않는 환자들, 장기이식을 기다리는 환자와 보호자의 마음이 그렇다.

지난겨울에 입원해서 봄, 여름, 가을을 보냈는데 다시 겨울이 왔다, 속절없이 시간만 가는 것 같아서 하염없이 눈물이 흐른다는 환자 앞에서 나도 함께 울었다. 내가 조금 더 노력하고 일해서 성과를 낼 수 있는 거라면 어떻게라도 해보겠는데, 이러지도 저러지도 못하는 상황이 원망스러웠다. 하루라도 빨리 그분의 기다림이 끝나기를 마음속으로 바랐다.

한번은 동시에 두 군데서 뇌사자가 있다는 연락을 받았다. 심장은 굉장히 예민한 장기이기 때문에, 심장을 구득(장기를 적출해 이송하는 전 과정)해서 이식하기까지 시간을 최소화하는 것이 중요하다. 기증자의 심장이 수혜자에게 이식되기까지 시간이 단축될수록 수술 후 예후가 좋기 때문이다. 또한 장기 기증을 통한 생명 나눔 실천 이라는 기증자의 숭고한 뜻이 헛되지 않도록 의료진들은 분초를 다투며 장기를 구득한다. 그날은 다행히 뇌사자가 있는 병원과 우리 병원 거리가 가까웠다. 두 곳 가운데 한 곳의 심장을 우리 병원에 입원해 대기하는 분이 받기로 결정됐다.

다음 단계를 준비했다. 기증자를 관리하는 병원의 담당자와 통화해서 크로스매칭(기증자와 수혜자의 혈액을 섞어 응집반응을 확인)용 혈액을 받을 수 있는지 문의했다. 이어서 검체가 안전하게 검사실로 전해질 수 있도록 구급차 배정을 요청하고, 검체 도착 예정 시간을 확인했다. 또 검사실과도 검체 도착 시간과 검사 결과가 나오는 시간을 공유하며 일정을 조율했다. 적출하러 가는 의료진들의 코로나 검사를 챙기고, 수술 물품은 빠진 것이 없는지, 가장 최적의 교통편이 무엇인지 확인했다. 만반의 준비를 하고, 심장이식팀과 함께 기증자가 있는 병원으로 출발했다.

병원에 도착한 뒤 탈의실에서 부랴부랴 옷을 갈아입었다. 간호학과 실습생으로 수술실을 들어갔을 때 이후로 수술실에 처음 들어갔다. 사뭇 차가운 공기와 왠지 모를 긴장감이 맴돌았다. 기증자가 있는 수술방에 들어가, 먼저 준비하던 의료진들과 인사를 나누고 순서를 기다렸다.

수술을 시작하기 전 기증자를 추도하는 시간을 가졌다. 장기를 구득하러 가는 경험이 계속 쌓이고 있지만, 추도사는 들을 때마다 여전히 내 마음을 울컥하게 한다.

누군가의 사랑이었고, 누군가의 그리움인 ○○○ 님께서 오늘 이 땅에 사랑의 꽃씨를 뿌리고 떠나십니다. 고인이 주신 나눔의 사랑이 더욱 널리 퍼지게 해주시고, 가시는 길에 평안과 안식이 있으시길 빕니다. 삼가 고인의 명복을 빕니다.

"누군가의 사랑이었고"로 시작하는 추도사 내용은, 장기기증이라는 사람이 표현할 수 있는 가장 큰 사랑을 보여준 환자와 보호자의 마음과 내가 하는 일의 의미를 되돌아보게 한다. 누군가를 위해 자신을 내어주는 그 사랑은 얼마나 위대한가. 우리 모두는 자신의 것을 타인에게 내어주는 데 얼마나 인색한가.

수술을 마친 심장이식팀은 1분 1초를 앞당기려 애쓰며 옷도 대충 갈아입고 병원 정문에서 대기하고 있던 구급차를 향해 달렸다. '기다리는 이'가 있는 것을 알기에 단 한순간도 허투루 쓸 수 없기 때문이다. 그에게 기약 없는 기다림의 끝을 선물하기 위해 뒤도 돌아보지 않고 병원으로 향했다.

대견한 아이

"엄마. 속이 안 좋아요."

구역감을 호소하며 속이 좋지 않다는 아이의 말에 부모는 아이의 손을 잡고 곧장 병원으로 왔다. 별일 아니길 바라는 부모의 기대와는 달리 모니터를 바라보는 의사의 표정이 심상치 않았다.

"아이가 지금 상태가 좋지 않아 당장 입원해 치료하면서 경과를 지켜봐야 할 것 같습니다."

그렇게 아이의 병원 생활이 시작되었다.

어렸을 때부터 선천성 심장병을 앓으며 여러 수술과 시술을 견뎌냈던 아이는 건강하게 잘 지내는 듯싶었다. 그런데 하루아침에 심초음파상 심장 기능이 많이 떨어졌다는 이야기를 듣게 되었다.

한창 친구들과 어울리며 성장해야 할 시기에, 아이는 심장이 잘 뛰도록 도와주는 약물을 사용하지 않으면 먹는 것도, 숨 쉬는 것도, 움직이는 것도 힘들어했다. 친구들이 놀이터에서 그네와 미끄럼틀을 탈 동안, 아이에게는 병원 한편 침대 공간이 유일하게 허락된 놀이터였다.

아는 사람도 없고, 집과는 환경도 달라 아이는 당연히 적응하기 어려워했다. 의사나 간호사가 인사를 건네도 눈을 마주치지 않았다. 대답도 하지 않았다. 하루, 이틀 시간과 정성을 들여 아이의 마음을 얻은 '선택'된 사람들만이 아이의 목소리를 들을 수 있었다.

친해지기까지 시간이 걸리긴 했지만, 마음을 연 아이는 의료진에게 자신이 그린 그림을 보여주기도 했고, 자신의 관심사를 공유하기도 하면서 병원에서의 시간을 자신만의 방법으로 보냈다.

심장 기능이 떨어진 채 평생 살아갈 수는 없다. 아이의 상황에서 할 수 있는 최선의 치료이자 유일한 방법은 심장을 이식받는 것이었다. 그러나 소아 이식대기자는 뇌사자 장기기증을 통해 심장을 수혜받는 경우가 성인에 비해 적기 때문에, 받는다고 하더라도 대기기간이 상당히 길 수밖에 없다.

이 때문에 이식을 받기 전 중간 단계로 심실보조장치 VAD를 삽입하는 수술을 한다. 수술이 잘되기만 하면 약물을 사용하지 않고도 심장 기능이 어느 정도 회복된다. 숨이 차지 않고, 제한적이나마 일상 생활이 가능하기 때문에 효과적인 치료 방법이라고 할 수 있다. 다만, 부모와 아이의 입장에서는 어린 나이에 여러 번 가슴을 여는 수술을 하는 것과, 기계와 함께 생활해야 한다는 사실을 받아들이기 어렵다. 마음이 무너져내릴 것이다.

그럼에도 불구하고 아이와 아이의 부모는 담담하게 수술을 받기로 동의했다. 아이는 성공적으로 VAD 삽입 수술을 받았다. 며칠 동안 푹 잔 아이를 깨워서 인공호흡기를 제거했다. 시간이 지나면서 아이의 심장을 잘 뛰게 도와주는 약물도 끊었다.

처음에는 VAD를 삽입한 부위를 소독할 때마다 아이가 아프고 힘들다며 펑펑 울었다. 그런데 어느덧 상처가 아문 건지, 아이가 덤덤해진 건지는 몰라도, 나중에는 의료진이 소독하는 모습을 가만히 지켜보았다. 오히려 아이는 가만히 있는데 소독하는 걸 지켜보는 엄마의 두 눈에서 하염없이 눈물이 흘렀다.

"선생님. 우리 아이 대단하죠? 엄마는 이렇게 울고 있는데 아이는 대수롭지 않게 있으니까요."

아이의 상태를 보러 갈 때마다 힘든 치료를 씩씩하게 잘 견디고 회복하는 아이의 모습이 대견했다. 그러면서도 어린 나이에 죽을 뻔한 고비를 몇 번씩이나 넘긴 아이와 그 곁을 지키는 부모의 상황이 너무 가혹하게 느껴져서 가슴이 시렸다. '오늘 건강한 심장을 이식받을 수 있게 되었다고 말할 수 있으면 얼마나 좋을까, 노력한다고 해서 심장이식을 받을 수 있는 시기가 앞당겨진다면 얼마든지 더 노력할 텐데…'라는 생각이 마음속을 가득 채웠다.

심장이식을 기다리는 대기자들은 복잡한 감정을 느낀다. 심장이식을 당장 받고 싶으면서도, 한편으로는 '누군가가 죽기를 바라는 건 아닐까'라는 죄책감에 시달린다. 누군가가 죽기를 바라는 건 아니지만, 심장이식을 받아서 건강한 일상을 되찾고 싶은 그 마음은 이식을 기다리는 사람이라면 공통으로 느끼는 감정일 것이다.

아이의 어머니도 그랬다. 실낱같은 희망을 바라보며 힘든 시기를 견디면서도 복잡한 감정을 감내해야 하는 상황이 버거웠으리라. 일하던 중 시간을 내서 내가 찾아뵈었을 때 아이의 어머니는 대부분 담담하게 대답하셨지만, 속에 있는 이야기를 나누고 감정을 쏟아낼 때면 진심으로 공감하고, 같이 울며, 함께 있어주는 것만이 심장이식 코디네이터인 내가 할 수 있는 최선이었다.

가을에서 겨울로 넘어가고 있던 어느 날이었다. 퇴근을 했는데 국립장기조직혈액관리원에서 연락이 왔다. 서울에서 좀 떨어진 지역이었는데 뇌사 장기기증자가 있다고 했다. 기증자의 상태를 파악하고 정보를 취합해 심장이식팀과 상의했다. 아쉽지만 심장 상태가 좋지 않다고 판단되어 좀 더 기다려보기로 결정됐다. 아쉬웠다. 하지만 다음 날 또 해야 할 일들이 있기 때문에 눈을 붙여야 했다.

방에 불을 끄고, 이불을 덮고 잠에 들려는 순간 또 연락이 왔다. 이번에는 또 다른 곳에 뇌사 장기기증자가 있다고 했다. 다시 불을 켜고 컴퓨터 전원을 켰다. 첫 번째 연락받았던 곳보다 거리도 가깝고, 키와 체중도 비슷하고, 심장 상태도 양호해서 심장이식을 진행할 수 있는 조건이 성립했다.

피곤했지만 기쁜 감정이 샘솟아서 피곤한 줄도 모르고 심장이식팀과 상의했다. 마침내 심장이식팀은 아이의 심장이식 수술을 진행하기로 결정했다. 타 병원 장기이식 코디네이터와 연락해 심장이식이 원활히 이루어질 수 있도록 의사소통했다.

다음 날 아침, 출근하자마자 아이와 어머니가 있는 곳으로 찾아갔다. 아이는 곤히 잠들어 있었다. 어머니는 초조한 모습이었다. 올해는 꼼짝없이 병원에 있어야 되는 줄 생각했던 어머니는 아이가 심장이식을 받는다고 하면 마냥 기쁠 줄 알았다고 했다. 그런데, 막상 당장 심장이식을 받는다고 하니 마음이 정리되지 않는다고 했다.

나는 어머니의 말을 경청했다. 아이가 심장이식을 성공적으로 받을 수 있도록 의료진들이 최선을 다할 것이라며 담담한 위로를 건넸다.

곁에 오래 있고 싶었지만 오전에 해야 할 일들이 기다리는 터라 나는 곧 자리를 떠났다. 최대한 빨리 오전 일들을 마친 다음, 기증자가 있는 곳으로 이동하기 위해 구급차 배정을 요청했다. 이어서 수술에 필요한 물품을 확인했다. 장기를 이동하기 위한 아이스박스와 수술 물품을 넣은 캐리어를 끌고 심장이식팀은 약속된 시간에 맞추기 위해 구급차에 올랐다.

기증자가 있는 병원에 도착해 옷을 갈아입고 수술실에 도착했다. 심장뿐 아니라 다른 장기 구득을 담당하는 여러 병원의 의료진이 도착해 있었다. 의료진들과 정중히 인사를 주고받은 뒤 기증자를 마주치게 되었다. 삶의 끝에 장기기증이라는 큰 사랑을 실천하

는 기증자를 위한 추도사 낭독이 끝나자 엄숙한 분위기에서 수술
이 시작되었다.

심장이식팀은 경험이 많고 숙련된 의료진으로 구성되어 있다.
그래서 최대한 빠르고 정확하게 심장을 구득할 수 있었다. 구급차
를 타고선 아이가 기다리는 병원으로 향했다. 몇 시에 도착할 예정
이고, 지금 어디를 지나가고 있고, 어떤 상황인지 촌각을 다퉈가며
병원에서 심장을 기다리고 있는 의료진과 의사소통을 했다. 다행
히 가장 빠른 동선으로 심장을 수술실에 전달할 수 있었다.

떡볶이가 먹고 싶어요

저녁 늦게까지 수술실 앞에서 기다리던 아이의 부모와 마주쳤
다. 진행 상황을 말씀드리고 아이가 심장이식을 잘 받도록 의료진
이 최선을 다하고 있다는 말을 전했다.

모두가 잠들어 있을 시간에 심장이식을 받은 아이는 중환자실
로 옮겨졌다.

다음 날 출근해서 밤 동안 출혈이 많이 있지는 않았는지, 생체
징후는 안정적인지 등 아이의 상태를 확인했다. 다행히 아이는 잘
회복하고 있었다. 치료 과정이 순조로웠다. 자기 몸만큼 컸던 기계
를 제거하고, 몸이 한결 가벼워진 아이는 며칠 뒤 인공호흡기도 제

거했다.

일반 병동으로 이동할 시간이 다가왔다. 엄마 품이 그리웠을 아이는 중환자실에서 일반 병동으로 이동해 그동안 못했던 이야기도 하고 핸드폰을 가지고 놀기도 했다. 우여곡절이 많았지만 이제 밥도 먹고, 혼자서 화장실에도 갔다.

퇴원을 준비하던 아이에게 나는 무엇을 가장 먹고 싶은지 물어보았다. 고민하던 아이는 치킨을 먹고 싶다고 했다. 나는, 심장을 이식한 지 얼마 되지 않았으니까 조금만 더 경과를 지켜보고 먹자고 했다. 치킨 다음에 먹고 싶은 건 무엇인지 물어보았다.

"떡볶이가 먹고 싶어요."

아이의 말에 그건 괜찮을 거 같다고 말했다. 이미 라면도 먹는데다 다른 즉석식품을 먹어도 탈이 나지 않은 것을 확인했을 때였다. 이틀 뒤면 퇴원할 아이를 위해 떡볶이를 만들어줘야겠다는 생각이 들었다.

퇴근하고 나서 장바구니를 들고 근처 마트로 향했다. 떡과 어묵, 양배추, 고추장, 소시지 등 아이가 좋아할 만한 재료를 사 들고 집으로 향했다. '돈은 이럴 때 쓰는 거지'라며 혼잣말을 하면서 떡볶이를 먹고 행복해할 아이의 모습을 떠올렸다. 생각만으로도 기분이 좋았다. 아마 간호사로 살아가며 한 일 중에 손에 꼽을 만큼 잘

한 일이 될 것이라는 생각이 들었다. 출근 전에 떡볶이를 만들기 위해 알람을 이른 시간에 맞추고 일찍 잠들었다.

아침 다섯 시 반. 잠을 깨우는 알람 소리가 울렸다. 나는 아침잠이 많은 타입이라서 알람 소리를 듣고 한 번에 일어나지 못했다. 5분만, 10분만 더 자야지 하다가 여섯 시가 되었다. 이제 더 이상 뒤로 미룰 수 없었다.

크게 마음을 먹고 이불을 개고 떡볶이를 준비했다. 혹여나 재료에 묻어 있을지도 모를 불순물이 걱정돼 모든 재료를 흐르는 물에 세 번씩 씻었다. 준비된 재료를 레시피에 따라 요리하다 보니 어느덧 출근 시간이 됐다. 아이에게 줄 만큼 소분해서 포장하고 남은 떡볶이는 동료들과 나눠 먹을 요량으로 병원에 들고 갔다.

이른 시간에 아이가 있는 병실 문을 노크했다. 아이는 잠을 자고 있었다. 곁을 지키던 어머니가 나오셨다. 떡볶이를 건네면서 "아이가 깨면 맛있게 먹으면 좋겠습니다"라는 말을 남기고 아침에 해야 할 일을 하러 갔다.

점심을 먹고 나서, 병원에서 수술 후 치료받거나 심장이식을 대기하는 환자들을 만날 시간이 생겼다. 나는 아이가 떡볶이를 맛있게 먹었는지 궁금해 병실로 찾아갔다.

마침 아이가 깨어 있었다. 아이는 나에게 떡볶이를 맛있게 잘 먹었다고 인사했다. 그러더니 줄 것이 있다면서 주섬주섬 내게 선물을 건넸는데, 닥스훈트를 본뜬 틀에 색을 입힌 작품이었다. 아이가 고마움을 표현하고 싶어서 오전 내내 만들었다고 했다. 자신이 표현할 수 있는 가장 큰 사랑을 내게 전해준 것 같아서 나는 크게 감동했다.

다음 날이면 아이는 병원을 떠나 일상으로 돌아간다. 다만 아이가 내게 준 소중한 마음은 평생 내 가슴속에 남을 것이다. 언젠가 일하다가 힘에 부치고 지치는 순간이 분명히 있겠지만, 그럴 때마다 닥스훈트를 바라보면서 내가 하는 일의 의미를 놓치지 않을 것이다.

Image by Freepik

의사와 간호사 사이

이비인후과 수술임상전담간호사 김기성

이모 때문이야

내가 남자 간호사가 되기로 한 이유는 많지만, 이모의 영향이 가장 컸다. 의료직군에 종사하다 보면 지인들에게 도움을 줄 수 있는 일이 많이 생긴다. 나 또한 그러한 경우가 종종 있다. 내가 어렸을 땐 그런 도움을 주는 사람이 이모였다.

나는 이모의 모습을 보며 멋지다고 생각했다. 거기다 미국에서도 일할 수 있다니! 정말 매력적인 직업이 아닐 수 없었다. 대학을 고민할 때 마침 이모가 간호학과를 권유하기도 했다. 그렇게 간호학도가 됐고 세브란스병원에 적을 뒀으며 가정도 이루었다. 지나고 보니 좋은 선택이었다.

한국보건의료인국가시험원(국시원) 홈페이지에는 간호사를 이렇게 정의한다. "간호사는 의사의 진료를 돕고 의사의 처방이나 규정된 간호기술에 따라 치료를 행하며, 의사 부재 시에는 비상조치를 취하기도 한다. 환자의 상태를 점검, 기록하고 환자나 가족들에게 치료, 질병예방에 대한 설명을 해주는 의료인을 말한다."

간호사의 정의를 보면 간호사로서의 비전이 무궁무진함을 알 수 있다. 대학에 간호학과가 많이 생겼고 병원 외에도 여러 다양한 분야에서 간호사들이 근무한다. 실제로 내 아내는 상급종합병원에서 근무하다가 퇴직한 뒤에는 '산업간호사'로 일하고 있다.

최근에는 코로나 19 사태로 미루어볼 때 앞으로 지역사회에서 간호사를 더 필요로 할 것 같다. 감염관리 능력과 응급상황 조치 능력을 겸비한다면 간호사는 어느 분야에서든 필요한 인력이 될 것이다.

나는 2015년 외과계중환자실에서 3년 동안 근무한 뒤 2018년부터 현재까지 간호지원팀 이비인후과 수술임상전담간호 파트에서 근무하고 있다.

학생 때 실습하면서 소수의 환자에게 집중간호를 할 수 있는 중환자실에 매력을 느꼈다. 경험해보니 간호사로서 필요한 실무 지식과 경험을 쌓기에 충분한 부서였다. 하지만 3교대 근무 가운데 나이트 근무가 너무 힘들었다. 그런 나머지 4년 차에 접어들 무렵엔 교대 근무가 없는 부서로 옮기고 싶었다.

때마침 상근직 간호 모집 공고가 났다. 하지만 두 번이나 지원했지만 경쟁률이 높은 탓인지 번번이 떨어지고 말았다. 뭐든 삼세번이라고 하지 않던가. 세 번째로 지원한 수술임상전담간호파트에 붙어, 수술임상전담간호사PA로 일하고 있다.

사실 수술실은 실습할 때부터 너무 힘들어서 입사 당시에는 엄두도 내지 않았다. 그러던 내가 이곳에 '스스로' 지원하여 오게 될 줄은 꿈에도 몰랐으니, 사람 일 참 모르는 법이다.

인간에 대한 예의와 직업 사이에서

첫 부서인 외과계중환자실에서 근무하던 때였다. 근무한 지 2년 차에 접어들 무렵이었다. 2년 차라고는 하지만 한창 일을 배우던 시기였다. 외과계중환자실은 특성상 수술을 마치고 컨디션을 회복한 환자들을 병동으로 보내는 일이 '임종간호'보다는 많은 편이었다.

그러던 어느 날이었다. 어느 정도 일이 손에 익어 긴장감이 풀려가던 때였다. 그날은 데이 근무였다. 나는 근무자 가운데 막내인 터라 중증도가 낮은 환자를 배정받아 간호했다. 내 일이 어느 정도 정리되고 난 뒤 중증도 높은 환자들을 간호하는 선생님들을 돕는 헬퍼helper를 했다.

외과계중환자실은 장기를 이식한 환자 간호가 많다. 그날도 어김없이 간이식 환자가 있었는데 조금 특별한 경우였다. 심혈 관계 과거력이 원인이었을까? 그 환자는 수술을 시작하고 얼마 되지 않아 심정지가 와서 간이식을 진행하지 못하고 중환자실에 온 상태였다.

간이식에는 생체기증과 뇌사자기증 두 가지가 있다. 그 환자는 아들에게서 기증을 받기로 한 상황이었다(생체기증). 바로 옆 수술방에서는 기증자인 아들이 개복된 상태에서 이식을 기다리고 있었다. 그런데 환자 상태가 좋지 않아 아들은 그대로 배만 닫고 나왔다. 아들은 일반 병실로 이동했다.

환자의 심전도 리듬은 나이트 근무 내내 좋지 않았다. 내가 환자의 담당 간호사가 아니어서 정확한 상태를 알 수는 없었지만, 인계 시간 전후로 시니어 간호사들의 손이 분주했던 기억이 난다. 다만 나도 그 환자의 담당 간호사를 도와 열심히 뛰어다녔다.

그런데 환자에게 다시 심정지가 왔다. 심정지를 알리는 코드블루 방송이 울렸다. 많은 의료진이 모여들었고, 심폐소생술을 계속해서 시행했다.

30분쯤 지났을까 환자의 심장 리듬이 여전히 돌아오지 않았다. 중환자실 밖에서 대기하던 보호자는 의료진에게 심폐소생술 중단을 요청했다. 곧 주치의가 보호자에게 설명한 뒤 동의서를 받았다. 그렇게 그 환자는 생을 마감했다.

절차에 따라 보호자 면회가 있었다. 자신의 장기를 기증하기로 한 아들은 개복을 한 뒤라 몸 상태가 온전치 못해 이동침대에 누워 면회를 왔다.

지금도 그 순간이 기억에 선명하다. 외과계중환자실 복도 끝 방에 위치한 그 환자의 방으로 아들의 이동침대가 지나가는 순간, 모든 사람이 숙연해졌다. 그날 근무하던 모든 간호사가 하던 일을 멈추고 고개를 숙여 조의를 표했다. 생을 마감한 환자의 침대 옆에 누워 회복되지 못한 몸으로 울음조차 시원하게 울 수 없었던 아들의 모습이 잊히지 않는다.

예견된 임종간호도 물론 쉽지 않다. 하지만 응급상황을 거친 뒤 생을 마감하는 환자를 임종간호하는 경우에는 몸과 마음이 모두 조금씩 더 힘들었다. 사람이 사람에게 느끼는 감정 속에서 마지막까지 간호해야 하는 의료진에게는 그 공간이 '사무적'이어야 할 수도 있다. 그러한 양가감정 탓에 힘든 하루였다.

당연한 것은 없다

외과계중환자실, 즉 SICUSurgical Intesnive Care Unit는 수술을 마친 뒤 집중 감시가 필요한 환자가 오는 곳이다. 주로 큰 수술Major Surgery(중요하고 위험한 수술을) 파트인 일반외과·흉부외과 환자와, 소수술Minor Surgery(작은 손상의 처치에 한정된 수술) 파트인 비뇨기과·이비인후과·산부인과·정형외과 환자 또한 자주 오는 편이다. (마이너 파트에서 하는 수술이 결코 작다고 할 수는 없다.)

이비인후과 두경부(목) 수술을 하고 중환자실로 나온 환자가 있었다. 두경부 수술을 받은 환자의 경우에는 혀기저부(혀뿌리)를 절제하거나 수술 도중에 인후두(입천장과 식도 사이)에 자극을 많이 받아 기도가 부어 호흡이 어려워질 수 있다. 이를 예방하고자 하루 정도 기도삽관을 유지한 채로 환자를 집중 관찰해야 한다.

특이 사항이 없으면 하루 정도 진정수면을 시킨 뒤 다음 날 인공기도발관(삽입한 인공기관을 빼는 행위)을 하고 병실로 보낸다. 수술 후 환자가 나오고 라인과 주변 정리가 끝나면 담당 간호사가 면회를 진행한다.

당시 보호자인 부인이 들어왔는데 많이 놀란 듯했다. 이내 울음을 터뜨리고는 남편 이름을 목놓아 불렀다. 부인에게 차근차근 환자 상태를 설명하고 나서야 부인이 진정하고 상황을 받아들였다.

환자가 기도삽관한 모습이 나에겐 일상적이지만 보호자가 보기에는 받아들이기 힘든 장면이었을 테다. 우리에게는 익숙한 모습과 공간이 환자와 보호자에게는 무섭고 낯선 것임을 다시 한번 깨달았다.

고된 근무와 미래

중환자실에서 근무하고 1년이 지났을 무렵이다. 교대 근무에 지쳐 검사실 내부 공고 모집이 뜬 것을 보고 지원서를 써서 파트장을 찾아갔다.

1년 동안 면담할 때마다 별문제 없던 내가 갑자기 부서 이동을 요청한 터라 파트장은 많이 놀란 기색이었다. 하지만 이내 나에게 해준 말씀이 기억에 남는다. 지금 당장은 힘든 것을 피해서 다른 부서로 갈 수는 있지만, 중환자실 1년 경력으로는 제한이 많다. 조금 더 경력을 쌓고 나면 또 다른 길이 열리고 더 좋은 자리가 생길 수 있다. 그렇지만 지금 당장 너무 힘들어 벗어나고 싶다면 지원하도록 돕겠으니, 생각해보라는 말씀이었다.

그날 파트장이 제시해준 방향성에 따르기로 했다. 중환자실에서 더 경력을 쌓기로 한 것이다. 그러고는 2년을 더 근무했다. 내 밑으로는 후배 남자 간호사들도 들어왔다.

1년 하고 힘들다고 면담을 요청하더니 어떻게 2년을 더 중환자실에서 버텼는지는 나도 잘 모르겠다. 하지만 확실한 건 경력이 쌓일수록 시야가 넓어졌고, 다양한 환자를 경험하며 관심 가는 분야가 생기기도 했다.

　그러던 차에 수술 과정이 궁금했다. 수술을 마친 환자를 간호하면서 수술 중 간호가 궁금해진 것이다. 단순히 3교대 근무를 회피하려고 지원서를 썼던 때와는 달랐다.

　그렇게 부서를 옮겼지만 1년 동안은 '정말 내가 잘 온 게 맞나?' 싶어 고민하는 나날이 지속됐다. 그런데 답은 일 자체에 있었다. 나는 수술에 참여하는 게 재미있었다. 환자가 수술실에 들어와서 안전하게 수술방을 나가도록 돕는 역할에서 보람을 느꼈다. 그러니 앞으로는 또 어떤 역할을 할 수 있을까, 내 미래가 궁금했다.

새로운 부서에서

　부서를 옮길 때는 중환자실에 처음 배치되었을 때와 마찬가지로 두려웠다. 어느 곳이든 미지의 세계에 발을 디디는 건 그러한 듯하다.

　부서 이동을 하고도 6개월 동안은 수술 참여에 필요한 공부의 연속이었다. 중환자실과는 달리 교육 체계가 마련되어 있지 않은 탓에 오로지 살기 위해 필요한 공부를 했다고 해도 과언이 아니다.

어느덧 부서 이동한 지 3년이 지났다. 부서원들끼리는 서로 소통하면서 '팁'을 공유한다. 수술 참여 과정에 도울 수 있는 일을 의논하며 자체적으로 시간을 내어 스터디도 진행한다.

어느 부서든지 장단점이 있다. 부서원 30~40명이 근무하는 중환자실에는 교육간호사가 있고, 교육시스템이 체계적이라 업무 교육을 받을 때 효과적이다. 반면 현재 부서는 큰 틀에서 보면 부서원이 대략 50명가량이지만, 임상과 별로 업무 범위와 지식 영역이 다른 탓에 서로 교류하기가 쉽지 않다. 전체 교육을 하기에도 어려움이 있다.

다만 내가 속한 임상과에는 동료 네 명이, 소수인 만큼 서로 협력하려는 의지가 강하다. 어느 곳이든 만족감 100퍼센트인 부서는 없지 않을까.

아무튼, 내 업무는 이렇다. 수술 전 환자 상태 파악→수술 전 처치실에서 수술실까지 환자 이동 후 수술침대로 이동→수술 참여→수술 후 환자를 회복실에 인계. 이렇게 크게 네 과정으로 나눌 수 있다.

부서에 배치받고 가장 어려웠던 과정은 '수술 참여'였다. 아무래도 한 번도 경험해보지 못한 영역이었기에 배로 힘들었던 것 같다.

처음 생긴 자리는 아니라 선배 간호사가 세 명이나 있었지만 한 수술에 간호사 두 명이 동시에 참여하기는 어려웠다. 프리셉터와 프리셉티 관계처럼 옆에 붙어서 일일이 알려주기에는 제한적인 부분이 많았다. 결과적으로는 많은 수술 참여 경험이 가장 크게 도움이 되었다.

오픈open수술(일반적인 절개를 통한 수술) 참여가 어느 정도 손에 익고 나서는 로봇수술에도 참여했다. 그런데 로봇수술 어시스트가 2차 난관이었다. 시야는 더 좁은 데다 수술 기구를 제한적으로 사용해야 해 집도의는 더 세밀하게 어시스트해달라고 요구했다.

로봇수술의 경우에는 전공의들이 두 달 간격으로 텀체인지term change(교수별로 담당 전공의가 바뀌는 것)한다. 그래서 집도의들이 안정적으로 수술하기 위해서는 일정 주기마다 바뀌는 전공의보다는 상대적으로 로봇수술 경험이 많은 PA가 주로 퍼스트 어시스트를 맡는다. 나는 3년이 지나서야 어느 정도 안정도 되고 적응도 했지만, 처음에는 무척 부담스럽고 힘들었다(사실 지금도 그렇다).

정리하자면, 수술전담간호파트에서 가장 중요한 일은 수술 준비와 수술 참여다. 더불어 무균술과 해부학, 수술 장비와 기구 파악 등이 PA에게 필요한 지식이자 스킬이다.

'PA'라는 명칭은 미국의 PA 제도에서 따온 것이다. 미국에서는 PA라는 직업군이 있고 의료법에 따라 보호받는다고 한다. 정해진 훈련과 교육을 받은 뒤 시험을 거쳐 PA로 인정받는다. PA는 의사의 감독하에 병력 작성, 이학적 검사, 진찰, 치료 및 간단한 수술 등 의사가 행하는 일부 업무를 할 수 있다.* 의사와 간호사 사이의 부족한 인력을 채워주는 직업군인 셈이다.

그런데 한국에서는 'PA'라는 명칭만 따왔을 뿐 업무 영역에 있어 법적인 보호를 받지 못하는 실정이다. 법이 개정되고 교육 체계가 생긴다면 PA가 다양한 영역으로 뻗어 나갈 수 있는 비전이 생기지 않을까.

세브란스병원은 PA 명칭을 '수술임상전담간호사'로 바꿨다. 해당 업무에 필요한 교육을 간호대학원과 협력해 진행하고 있다. 법적으로 문제가 될 수 있는 업무는 관리자와 각 임상과와 협의해 조율한다.

한국에는 전문간호사제도가 있다. 전문간호사는 2년 이상의 대학원 석사 과정(전문간호사 과정)을 수료한 뒤 보건복지부 장관이 실

----

*   네이버 지식백과 참조.

시하는 전문간호사 자격시험에 합격한 간호사에게 주어지는 자격이다. PA라는 직업군이 한국에는 없기 때문에 간호계에서는 전문간호사제도를 활용해 병원에서 'NP'라는 명칭으로 일하고 있다. 하지만 여전히 인력이 부족하다.

각 임상과 별로 전공의 정원이 줄고 있고, 전공의법에 따라 전공의 근무 시간이 주 80시간으로 제한되어 외부 인력이 필요한 상황이다. 신입 전공의 1년 차, 인턴의, 신규 간호사가 부서에 배치되더라도 새로운 환경에 적응하기까지 시간이 걸린다. 이럴 때 각 임상과 별 전담 간호사가 신규 인력이 업무에 잘 적응할 수 있도록 도와줄 수 있다면, 주로 신규 입사자가 많은 3~4월에 생기는 의료사고 방지에도 도움이 될 것이다. 실제로 수술실에 신입 1년 차 전공의가 오면 수술 준비 방법과 수술 장비 세팅 절차 등을 수술전담간호사가 알려준다.

요즘은 'SA'라고도 불리는 수술임상전담간호파트는 'Surgical Assistant'라는 명칭 그대로 수술실에서 인력을 요구하는 임상과에 배치되어 수술에 필요한 전반적인 준비와 집도의가 수술하는데 필요로 하는 일을 지원한다. 초기에는 전공의 인력이 부족하였던 흉부외과와 외과에서 주로 필요로 했지만, 최근에는 내외과 불문하고 NP(병동전담간호사)와 PA(수술전담간호사)를 많이 요구해 실제로 인력도 그만큼 충원되고 있다.

우리 병원의 경우 임상전담간호파트가 새로 생기면서 총부서원이 150명가량으로 늘었다. 임상전담간호파트는 병동 전담, 처치 전담, 수술 전담 세 부서로 나뉘어 있다. 이 가운데 나는 수술 전담 소속으로 근무하고 있다. 눈여겨볼 점은 병동, 처치, 수술 세 가지 일은 흔히 의사가 하는 업무를 세분화했을 때 지원이 필요한 부분으로 구성된다는 것이다.

간호사는 보통 병원에 입사하면 크게 병동(성인·소아), 특수 부서(중환자실·수술실), 검사실 같은 곳에 배치된다. 그런데 전담파트의 경우에는 병원에서 짧게는 1년부터 길게는 5년까지 임상을 경험한 인원을 내부 모집 공고를 통해 뽑는다.

이러한 특성 때문에 지금 내가 일하는 부서에서는 임상과 의사들과 함께 소통하면서 업무를 공유하는 일이 많다. 각 과에 해당하는 지식을 더 깊게 공부하고 알고 있어야 하는 이유이기도 하다.

나 같은 경우에는 이비인후과학, 특히 귀·코·두경부 세 가지에 해당하는 해부학과 관련해 진행되는 수술을 공부했다. 수술 어시스트를 하자면 해부학이 필수였다. 중요한 '구조물'을 알아야 석션을 포함한 다양한 수술 보조 기구를 사용할 때 손상을 피할 수 있기 때문이다. 수술 진행 상태를 파악하고 필요한 도움을 주는 데에도 해부학 지식이 반드시 필요하다. 또한 수술의 내용과 흐름을 알고 있어야 필요한 체위(수술 과정에 필요한 신체의 위치 관계)와 기구 등을 미리 준비할 수 있다.

여기는 세브란스

수술실로 부서 이동을 하고 3년째가 되어가는 2021년이었다. 아침 첫 수술이 관상동맥(심장에 혈류를 공급하는 혈관) 두 개가 막혀 있는 상태의 고위험군 환자였다. 경부림프절 절제술(목에 분포하는 림프절로 종양 환자의 경우 대부분 절제한다)이 예정되어 있었다.

마취하고 수술을 시작한 지 30분쯤 되었을까? 마취과의 움직임이 심상치 않았다. 불안정한 심장 리듬이 계속되더니 이윽고 심정지가 왔다. 수술 필드(수술 영역)는 무균술(멸균 상태를 유지하는 방법)로 덮어두고 흉부압박을 시작했다. 심장 리듬은 여전히 돌아오지 않았다. 응급으로 에크모를 하기 위해 관을 마취과에서 잡았다. 환자의 심장을 대신해주는 에크모가 돌아가자 활력징후가 안정되었다. 혈관중재술(막힌 혈관을 뚫어주는 시술)을 받기 위해 이동한 환자는 심장내과중환자실CCU로 이송됐다. 주치의에게 들은 바로는 이후 환자는 건강하게 퇴원했다고 한다.

오전에 발생한 응급상황이었고, 인력이 많은 데이 근무 때였으며, 모든 부서의 합이 잘 맞은 덕분이었다. 수술실·임상과·마취과 세 부서의 단합이 빛을 발했다. 팀워크와 수술 백업이 정말 잘된 환경에서 근무한다는 사실을 체감한 터라 자부심이 넘치는 하루였다.

어느덧 입사한 지 7년 차이자 만 6년이 넘었다. 그동안 나에게도 많은 경험과 에피소드가 축적된 만큼 앞으로도 내 자산이 될 많은 것들이 기대된다.

힘든 시기가 올 때마다 떠올리는 때가 있다. 학생 간호사 시절 병원에서 멋지게 일하고 있을 내 모습을 상상하던 때를.

행운을 발견하는 사람

수술간호팀 마취회복파트 김진수

안개 속에서 빛을 밝혀주는 사람

병원마다 특색이 다르지만 보통 남자 간호사는 일반 병동보다는 수술실, 응급실, 중환자실 등 특수 파트에 많이 배치된다. 하지만 세브란스병원은 병동에도 남자 간호사가 많다. 물론 특수 파트에도 많은 남자 간호사가 환자의 곁을 지키고 있다.

나는 왜 간호사가 되고 싶었을까? 세상에 몸의 병은 누구나 알아줄 수 있지만, 고독한 독백을 그저 홀로 삼켜내야 하는 마음의 병은 각자가 안고 가야 하는 경우가 많다. 이점을 나는 그 누구보다도 절실하게 공감하며 알고 있다.

어린 나이에 우울증으로 힘든 시절을 보내고 있을 때 아버지가 내 말동무가 되어주었듯, 나도 사방이 보이지 않는 자욱한 안개 속을 혼자 걷고 있는 것 같은 이들에게 빛을 밝혀줄 수 있는 사람이 되고 싶었다. 학생들의 길잡이가 되어줄 교사와 환자의 마음까지 돌보는 간호사를 놓고 고민하다가, 온전히 치유에 집중할 수 있는 간호사가 되기로 마음먹었다.

나는 남자 간호사를 '세렌디퍼serendipper'라고 부르고 싶다. '세렌디피티serendipity'는 '뜻밖의 발견, 운 좋게 발견한 것'으로 '세렌디퍼'는 '뜻밖에 행운을 발견하는 사람'이다.

간호학과를 선택하고 간호대학에 입학한 순간부터 나는 피할 수 없는 운명, 감히 사람의 생명을 다루어야 하는 숭고한 직업의 일원이 되었다.

간호사는 '간호'라는 대명제 아래에서 다양한 부서에서 일한다. 그래서 간호할 때 자신이 가장 잘하는 것과 또 어떤 분야에 관심이 있는지를 스스로 파악하는 것이 정말 중요하다. 이를 알아보기에 더없이 좋은 때는 학생 간호사 시절, 그중에서도 1000시간의 실습을 하는 시기였다. 물론 '실습'과 '임상'은 천지 차이지만.

나도 학생 실습 때 중환자실에서 환자에게 엘튜브 피딩L-tube feeding(경관 유동식을 주입하는 행위)과 Tracheal Suction(기관내 흡인을 하는 행위)을 하면서 정말 내가 중환자실에 잘 맞는 줄 알았다. 하지만 실제 중환자실에서 행하는 간호 업무는 굉장히 방대했다. 공부해야 할 것도 무척 많았다. 말 그대로 '전인 간호'를 수행해야 하는 그런 포지션이다.

다행인지는 몰라도 신규 간호사 교육을 받은 뒤 나는 1지망으로 지원한 중환자실에 배치되지 않았다. 수술간호팀에 배치되었다. 외과전담간호사GS PA로 2년, 현재는 마취/회복 파트에서 6년째 일하고 있다.

실습할 때는 춥고 햇빛 한 점 들어오지 않는 공간이자, 오랫동안 서 있어야 하는 공간인 수술실이 낯설기만 했다. 좋은 기억일 리가 없는데, 뜻하지 않게 간호사 시작부터 지금까지 수술실이라는 '미로 같은 공간'에서 일하고 있다.

생각해보면, 나에게 간호사라는 직업과 수술간호를 수행한다는 것조차도 세렌디피티, 즉 뜻하지 않은 행운이 된 것 같다.

수술실의 삼총사

수술실에서는 크게 세 부서로 나누어 간호한다. 먼저, 외과 교수와 호흡을 맞춰 다양한 수술 기구를 주고받으며 수술 필드 안에서 수술 집도에 함께 참여한다. 흔히 알고 있는 수술실 간호사다. 두 번째로는 외과 교수와 손을 맞춰 수술 시야를 확보하며 함께 수술을 이끌어 나가는 외과 전담 간호사다. 마지막으로 환자의 활력징후를 책임지며 수술이 온전하게 끝날 수 있도록 수술의 처음과 끝을 책임지는 마취/회복 간호사다.

마취/회복 간호사로 일하면 모든 과의 외과 수술에 참여해 다양한 수술 케이스를 접할 수 있다는 장점이 있다. 반면 수술전담간호사로 일하면 해당과의 수술에만 들어갈 수 있다. 자칫 반복적인 업무에 지칠 수 있다.

마취/회복 간호사는 모든 과의 수술에 참여하기 때문에 수술 절차 등 전반적인 수술에 대해 이해해야 한다. 이 부분은 스크럽scrub(집도의 옆에서 수술에 참여하는 간호사)과 서큘레이팅circulating(수술 보조 역할을 하는 간호사) 업무를 하는 수술실 간호사에게도 필요한 덕목이기는 하다.

수술실 간호사에게 무엇보다 가장 필요한 덕목으로 '양심'과 '섬세함'을 들 수 있다. 수술실은 환자가 내과적 치료를 받은 뒤 최후의 수단으로 선택해서 들어오는 공간이다. 환자에게는 일생에 있어 가장 큰 이벤트 가운데 하나가 바로 수술이다. 그렇기 때문에 수술실 간호사는 환자에게 해가 되지 않도록 양심에 따라 섬세하게 간호해야 할 의무가 있다.

수술실에서는 '타임아웃time out'과 '사인아웃sign out'을 수술을 시작할 때와 끝날 때 수행한다. 이 과정에서 수술에 참여하는 의료진 모두가 환자의 이름과 수술명을 알고 있는지, 수술할 준비가 되어 있는지를 확인한다. 그리고 검체(생체 조직이나 분비액 등 검사에 필요한 재료)와 봉합실, 거즈 개수 등을 재차 파악해 수술하는 도중에 발생할 혹은 발생한 문제가 없는지에 대해 전반적으로 확인한다. 그 순간에는 하던 일을 멈추고 가장 기본적인 것을 재확인해 한 치의 오차마저 없애고자 한다.

그래서 수술에 가장 중요한 부분 가운데 하나가 '카운트'다. 눈에 보이지 않는 봉합실이나 거즈, 수술 도구 등이 처음 수술을 시작했을 때와 끝날 때 개수가 반드시 맞아야 한다. 또한 환자에게 약물을 투여할 경우에는 '파이브 라이트5 Right'(정확한 약물, 정확한 대상자, 정확한 용량, 정확한 시간, 정확한 경로)를 확인해 오차 없이 정확한 Right 용량의 약물을 주입하는 섬세함이 필요하다.

가끔 수술실에 들어오고 싶다는 학생들이 어떤 공부를 하면 좋은지를 묻는다. 수술실은 특수 파트로 일반 병동과는 많이 다르다. 먼저 수술실에서 일하기 전 선행 공부를 한다면 인체 해부학에 대한 지식이 필수적이다. 모든 외과 수술을 커버해야 하므로 해부학적으로 공부해야 할 범위가 정말 넓다. 게다가 신생아부터 노인까지 모든 인체를 수술하기 때문에 성인 간호는 물론 아동 간호에 대한 이해도 필요하다. 해부학과 성인·아동·노인 간호를 미리 넓게 공부해둔다면 도움이 된다.

한겨울보다 더 차가웠던 체온

소아신경외과 정규 수술로 오랫동안 병원 생활을 해왔던 아이가 수술실로 올라왔다. 수술 기록을 살펴보니 두 살 때 교통사고를 당해 외상성경막하출혈(외부 충격으로 뇌혈관이 터지면서 뇌와 뇌의 바깥쪽 경막 사이에 피가 고이는 질환)을 진단받고 이미 여러 차례 수술받은 아이였다. 지금은 열한 살인 아이가, 한창 친구들과 뛰어놀면서 하루가 다르게 성장해야 할 시기에 병원을 수시로 드나드는 모습을 보면 마음이 무척 무겁다.

아홉 살에 뇌실복강간단락술을 받고도 지속적인 시저Seizure(뇌의 신경세포 간 전기적 신호 전달 과정에 잘못된 스파크가 튀어 발생하는 발작) 증상이 있었다. 뇌실복강간단락술은 뇌에 과다하게 차 있는 뇌척수액을 복강으로 흘려보내기 위한 통로를 만드는 수술이다. 단락술Shunt의 종류에는 뇌실-심방을 잇는 VA Shunt, 뇌실-흉강을 잇는 VP Shunt, 요추-복강을 잇는 LP Shunt 등도 있지만, 그 가운데 뇌실-복강을 잇는 VP Shunt가 가장 흔한 편이다.

아이는 이번 수술에서 두개골결손으로 인한 두개골성형술을 시행하기 위해 세 번째 수술을 받는다. 평소 아이는 2~3초에 한 번씩 양손과 발을 떠는 증상이 있어 거의 누워서 생활해왔다. 그동안 치료와 수술을 많이 받아 아이도 무척 지친 상태였다.

신경외과 수술방에서 마취 준비를 모두 마치고 마취 준비실로 갔다. 아이는 자는지 누워서 눈을 감고 있었다. 옆에는 어머니가 자리를 지키고 있었다. 수술은 대략 세 시간 정도 예상됐다. 물론 수술 상황에 따라 시간이 늘어날 수 있기 때문에 마취과에서는 보호자에게 수술 시간에 대한 정보를 주지는 않는다.

치아 상태를 확인하고 기도삽관으로 인한 치아 손상 가능성을 설명한 뒤 어머니에게 동의서를 받았다. 다른 기왕력(평소 지니고 있는 질환이나 증상)이 있는지, 이전에 수술할 때 마취한 뒤 큰 문제가 없었는지 등 수술 관련 정보를 어머니에게 확인했다.

이번이 세 번째 수술이어서 그런지 어머니는 차분했다. 다만 아이를 바라볼 때만큼은 눈동자가 흔들렸다. 어느 부모든지 아이를 수술방에 보낼 때는 마음이 정말 무겁고 많은 걱정이 앞서게 마련이다.

수술에 앞서 어머니가 나에게 한 마지막 말씀은 "수술이 끝나도 금식은 계속해야 하죠?"였다. 아이는 또래 아이들에 비해 몸무게가 28킬로그램으로 많이 나가지 않았다. 평소 잘 먹지 못해 더 걱정하는 눈치였다.

아이와 비슷한 케이스가 있었다. 열두 살 남자아이였는데 그 아이는 몸무게가 61킬로그램이나 나갔다. 한 살 차이인데도 두 아이 몸무게가 많이 차이가 나니, 어머니의 그 질문에는 아이가 더 힘들까 싶은 마음이 그대로 묻어 있었다.

나는 "수술한 뒤 호전 상태를 확인하고 상황에 따라 의료진 선생님들이 적절하게 식이를 처방해주실 거예요"라고 답했다.

수술실로 들어가기 전 마지막으로 체온을 측정했다. 고막 체온계에 'Lo'라고 떴다. 아이가 저체온으로 판단됐다. 체온이 제대로 측정되지 않았다. 마취과 교수님에게 이를 알리고 수술실로 들어갔다. 인투베이션을 한 뒤 구강 체온을 측정했더니 32.2도가 나왔다. 처음에는 모니터가 고장이 난 줄 알았다. 다른 프로브probe(모니터와 체온계를 연결하는 선) 선으로 교체했는데도 32.2도였다.

그동안 저체온 환자를 많이 보았지만 체온이 32도까지 내려간 경우는 그때가 처음이었다. 소아신경외과 파트 교수님도 체온을 보더니 뇌 시상하부에 문제가 있는지 어떤지, 정확한 원인은 모르겠다고 했다.

아이의 체온을 올리는 게 시급했다. 체온계도 Oral(구강), Axilly(액와), Rectal(직장) 세 개를 동시에 측정하기로 했다. 수술이 끝날 때 고막 체온도 다시 측정하기로 했다. 보통 저체온은 흉부외과 심장수술을 할 때 인위적으로 심장을 멈출 경우 흔히 나타나는 현상이지만, 아이의 경우처럼 뇌수술을 할 때는 그렇지 않다.

수술하면서 가온서클warm circuit(따뜻한 인공호흡기 호흡 회로관), Bair Hug(따뜻한 공기가 나오는 기계), 핫라인hot line(수액을 따뜻하게 데워 주는 기계) 등 체온을 높일 수 있는 기계를 최대한 동원했다. 30분에 거의 0.1~0.2도씩 체온이 올랐다. 수술 중에도 저체온 증상이 계속됐다. 심전도상 동서맥이 나타나긴 했지만, 충분히 조절할 수 있는 수치였다.

수술은 예상보다 한 시간이 더 걸렸다. 네 시간 정도 지나 아이의 체온을 33도까지는 올렸지만 수술실 퇴실 기준에는 미치지 못했다. 수술실에는 퇴실 기준이 있다. 체온이 35.5도 이상 되어야 한다. 아이에게 가장 필요한 것은 체온이었다.

낮은 체온으로 입실해서 수술하는 경우를 나는 처음 겪었다. 수술 리마크(수술 중 발생한 현상을 적어놓는 곳) 메모에 아이의 활력징후를 기록하고는 아이를 회복실로 옮겨 더 지켜보기로 했다.

수술실은 미생물 성장을 억제하고 번식을 막기 위해 내부 온도를 18~24도로 항상 유지한다. 그래서 다른 공간보다 추운 곳이다.

하지만 회복실은 수술실보다 온도가 조금 더 높고 더 따뜻하게 해줄 수 있는 이불과 담요, 기계가 있다. 수술을 잘 마치고 회복실로 나온 아이는 빠르지는 않지만 서서히 정상체온으로 돌아오기 시작했다.

이날은 추운 1월의 겨울날이었다. 좀체 체온이 오르지 않는 아이를 간호하자니 추위가 더 혹하게 느껴졌다. 겨울이 지나고 따뜻한 봄날이 오면 아이가 따뜻한 햇볕 속에서 친구들과 마음껏 뛰어놀기를…. 그날이 오기를 간절히 바랐다.

세렌디퍼를 위해

나는 남자 간호사로 일하면서 무엇보다도 중요한 것은 자신의 '멘탈 관리'라고 생각한다. 매일 아픈 환자를 간호하면서 정작 자신이 무기력해질 수 있다. 또 '성비'가 맞지 않는 사회생활이다 보니 남자 간호사들의 행동이 유독 눈에 띄는 경우가 있다. 모든 상황이 내가 원하는 대로 이루어지면 좋겠지만, 병원이라는 공간 안에서는 예기치 못한 순간이 닥칠 수밖에 없다. 그럴 때마다 자기 자신을 잘 다독여야 한다.

나의 경우에는 철저하게 일과 취미 생활을 분리했다. 병원에서 일할 때는 오직 환자 간호에 최대한 집중한다. 퇴근한 뒤에는 마라

톤·수영·사이클을 하면서 철인3종 대회를 준비하기도 했고, 때로는 독서를 하거나 요가와 명상을 하면서 매일 환자들을 간호하느라 지친 내 몸에 집중하기도 한다. 일과 삶의 균형을 찾아 내 취미 생활이 병원 일과 서로 시너지 효과를 낼 수 있도록 항상 건강한 상태를 유지하는 편이다.

10년 전과 비교하면 남자 간호사 수가 두 배 이상 급증했다고 한다. 간호사 국가고시 합격자 여덟 명 가운데 한 명이 남성인 것을 보면 시대가 변하면서 간호사 문화도 많이 바뀐 듯하다. 하지만 아직도 남자 간호사의 수는 전체 간호사 수의 10퍼센트에도 미치지 않는다. 갈 길이 멀다.

그런 만큼 남자 간호사들의 '세렌디피티'를 응원한다. 예기치 못한 곳에서 더 좋은 행운의 순간을 맞이해 자신의 역량을 더 넓힐 수 있기를 바란다. 막연한 불안함을 느끼거나 부담감을 가지기보다는 지금 자신이 있는 자리에서 본인이 무엇을 할 수 있을지, 그리고 앞으로 어떤 간호사가 되어야 할지에 대해 끊임없이 질문을 던지면서 성장하는 간호사가 되었으면 한다. 물론 나 자신도 포함해서. 그래서 우연인 줄 알았던 행운이 훗날, 운명적인 행운이었음을 느낄 수 있기를 바란다.

그렇게, 간호사가 되었다

다양한 부서에서 활약하고 있는 세브란스병원 남자 간호사들의 글을 읽으면서 뭉클한 감정을 느낀 순간이 많았다. 아마도 그건 글 속에 간호에 대한 진심과 환자를 귀히 대하는 마음이 흠씬 배어 있기 때문이라고 생각한다. 개인적으로는 각자 간호사가 되기로 결심하고, 간호사가 되기까지의 과정 속에서 겪었던 경험에 크게 공감했다.

"남자가 무슨 간호사를 한다고 그래! 다시 생각해봐." "피도 보고, 대소변도 치워야 하고, 아픈 환자들을 만나야 하는데 안 힘들겠니?" 놀랍게도 10여 년 전 내가 실제로 들었던 말들이다.

간호사를 하면서 성별과 일에 대한 편견에 자주 부딪혔다. 그럴 때마다 증명하고 싶었다. 사람이 사람을 간호하는 데 성별이 무슨 상관이 있으며, 아픈 이들을 돌보는 일이 얼마나 가치 있는지를.

처음 병원에 출근했을 때 느꼈던 감정을 아직도 생생하게 기억한다. 설렘과 두려움이 공존했던 신규 간호사 때는 간호사 면허증이 있지만 아직 간호사라고 말하기 어려웠다. 의욕은 충만했으나, 환자 간호에 필요한 지식과 기술이 부족했고 환자를 대하는 모습도 서툴렀다.

간호사라고 나를 소개할 수 있게 되기까지 남녀노소, 지위고하를 막론하고 병원에서 마주친 수많은 사람, 환자 및 보호자에게 도움을 받고 배움을 얻었다. 여자 간호사라고 해서 힘쓰는 일과 궂은일을 못하는 것도 아니라는 사실과, 남자 간호사라고 해서 환자를 세심하게 챙기지 못하는 것이 아님을 깨달았다. 무엇보다도 환자를 향한 따뜻한 마음과 적절한 간호를 제공할 수 있는 지식을 겸비해 최선의 간호를 제공하는 것이 간호사로서 환자를 사랑하는 방법임을 배웠다.

누구든지 처음엔 더디겠지만 '환자를 위하는 마음'을 간직한 채 포기하지 않고 계속해서 도전한다면, 어느덧 주변을 환히 밝히는 멋진 간호사로 성장한 자신을 발견하게 될 것이다.

이 책에 등장하는 간호사들은 지금도 각자 위치에서 묵묵히 환자 곁을 지키고 있다. 응급실, 병동, 수술실, 마취/회복실, 중환자실 등 각자 서 있는 곳은 다르다. 하지만 흥미롭게도 글을 읽다 보면 한 가지 공통점을 발견할 수 있다. 그것은 바로 '환자의 처지에 공감하고, 환자를 사랑으로 대하는 마음'이다.

환자 입장에서는 병원에서 가장 많은 시간을 함께하는 의료진이 간호사다. 간호사 역시도 환자와 삶의 많은 부분을 함께한다.

사람은 누군가로부터 돌봄을 받으면서 살아갈 희망을 얻는다. 또 사람은 누군가를 돌보면서 성숙해진다. 그렇기에 간호사로 일하며 환자와 라포를 쌓고 희로애락을 함께하는 모든 순간은 환자와 간호사 서로에게 희망을 주고 성숙해지는 과정이다. 힘들고 아플 때 그러한 인연을 만날 수 있다면 얼마나 큰 위안이 될까!

간호사로서 체득한 경험과 능력으로 환자를 돌볼 수 있다는 사실이 얼마나 기쁘고 보람된 일인지 새삼 깨닫는다. 지금 이 순간에도 자리를 지키며 환자 곁에 닥친 불행에 맞서 함께 싸우는 간호사들의 헌신과 사랑이 이 책을 통해 세상에 가 닿길 바란다.

간호사 유세웅